ベリーズ文庫

結論、保護欲高めの社長は甘い狼である。

葉月りゅう

JN177969

STARTS
スターツ出版株式会社

目次

序論

恋人作成方法その一・お見合い……6
突然の衝撃的告白でバグ発生……17
ハイスペックな彼の熱量が急接近……34
魅惑の誘いとフェロモン放出……52
豹変社長の危険性について……68

本論

難攻不落な天才を落とすまでの過程……96
恋人作成方法その二・ふたりでディナー……122
本能の重要性をキスで説く……142
交際志願からプロポーズまでの速度……166
唇の距離をゼロにする自然現象……193

恋愛の方程式ほど難関なものはない……215
幸せな擬似体験の終末理論……231

結論

不可解な彼女の真意を究明せよ「Ｓｉｄｅ達樹」……260
一生変わらぬ愛の証明……274
恋人作成方法その三・惚れ薬入りチョコレート……297
なるべくしてなる甘い運命論……316

特別書き下ろし番外編

妻の心得の研究結果……330

あとがき……344

序論

恋人作成方法その一・お見合い

ゴールデンウイークも過ぎ、暑いくらい日差しが強くなってきた初夏の日曜日、午後二時。

開放的な気分にさせる大きな窓から、みなとみらいの青い海が見渡せる高級ホテルの、コーヒー一杯千円もするようなこのラウンジに私が来る理由は、今のところひとつしかない。

「今日は、倉橋《くらはし》さんのことをいろいろとお伺いしてもよろしいですか？」

座り心地のいい椅子に向かい合って座っている、スーツ姿のふくよかな男性が、若干緊張した笑顔で私に問いかける。

つい先ほど初めて顔を合わせたこの人、三十四歳の甘利《あまり》さんは、私のお見合い相手。

「ええ、もちろんです」

普段かけている紅《あか》いフレームの眼鏡《めがね》は家で眠らせ、コンタクトにした瞳で甘利さんを見つめて微笑《ほほえ》むと、彼は嬉《うれ》しそうに顔をほころばせた。

「倉橋さん、お綺麗《きれい》なので緊張してしまいますね」なんて言われると、たとえお世辞でもこっちまで照れてしまう。

倉橋綺代《きよ》、二十七歳。人生二度目のお見合いは、滑り出しは上々。前回のような失敗は繰り返さない。

お見合い初体験のあのときは、あまり着飾りすぎるのもよくないと思い、真っ黒のシンプルなレディーススーツに普段通りの眼鏡をかけ、肩下十センチほどの黒髪もひとつにきっちりまとめた姿で挑んだ。

すると、相手の男性は『なんだか僕、面接官をしているような気分になってきました……』と、微妙な笑顔で呟《つぶや》いていたのだ。

そのときはどういう意味なのかまったくわからず、終わったあとに恋愛経験豊富な姉に報告し、爆笑されて、ようやく理解した。私は就活生にしか見えなかったであろうことを。

反省点はそれだけじゃない。

高級チョコレートメーカー『サンセリール』で研究員として働いている私は、いつも白衣を着て試験管を振っているような女。商品開発のための研究をしたり、成分を調べたりすることはできても、愛想よく楽しい会話をするスキルは、残念ながら併せ持っていない。

高校時代から、男子が多い理系のクラスに属していたから、男性と接することに慣れていないわけではないものの、初対面の人と改まって話すとなるとやはりダメだった。緊張するとどうしても堅苦しくなって、相手が興味を持てないような専門的な話ばかりしてしまい、お見合いじゃなく擬似面接になってしまったというわけだ。

当然断られてしまって今日に至るのだが、今回はその反省を生かしているから大丈夫、と思いたい。

姉に選んでもらった上品なワンピースに薄手のジャケットを羽織り、ナチュラルストレートの髪は下ろしたまま。これで間違いなく就活生には見えないはず。

うまいか下手《へた》かは別として、メイクも数年ぶりくらいにばっちりとしてきた。いつもはファンデーションを塗るくらいだから、マスカラも今日のために新調したし、アイシャドウも初めて使ってみた。なんとなく、甘利さんの反応もいい気がする。

今日のお相手の甘利さんは、年収も学歴も至ってそこそこで、前回の爽やかイケメン商社マンとは、あえて正反対の人を選んでみた。彼は醸し出す雰囲気に安心感がある人だ。なんというか、ゆるキャラ、みたいな。結婚するならこういう人のほうが幸せになれるかもしれない。

「倉橋さんは、サンセリールで研究員をなさっているんですね。僕、チョコレート大好きなんですよ」

愛嬌《あいきょう》のある顔でにこにこしている彼の、丸みを帯びたシルエットを眺めて微笑み、つい「そのようですね」と返してしまった。

だって、甘いもの好きそうだもの。というか、食べることが好きそう。きっとどんな料理でも美味《おい》しそうに食べるんだろう。いいかもしれないな、そういう人も。

ここからもっと話を広げてみたら、さらに彼の人となりがわかるよね。私からも質問してみよう。

「どんな種類のチョコがお好きですか？　アーモンドが入っているものとか、生チョコとか」

「そうだなぁ……。僕はホワイトチョコレートが一番好きですね」

「ホワイトチョコ、美味しいですよね。濃厚で、ミルク感たっぷりで」

わが社の人気商品である、苺《いちご》のソースが入ったホワイトチョコレートを思い浮かべて言うと、甘利さんも楽しそうに相づちを打つ。

「そうそう。でも、チョコなのにどうして白いのかなって、前から……」

「それ！　やっぱり不思議に思いますよね⁉」

私も昔、同じことを疑問に思った経験があり、思わず身を乗り出した。私の勢いに少々驚いて目を丸くする甘利さんにも、なぜホワイトチョコレートが白いのかを教えてあげたい。

「普通のチョコレートは黒っぽいカカオマスというものを含んでいるんですが、ホワイトチョコレートはそれを含まず、白いカカオバターを主材料にしているからなんです。このカカオバターの融点が低いから、口の中でとろけるんですよね。苦味成分のテオブロミンが含まれていないので、ホワイトのほうが甘く感じますし……」

そこまでつらつらと話して、はっとした。

いけない、会話のキャッチボールができていることが嬉しくて、調子に乗って堅苦しい話をしてしまった。甘利さん、キョトンとして、さらにゆるキャラ感が出てしまっているし。

「す、すみません！　こんな、たいして面白《おもしろ》くもない話をしちゃって……」

「あ、いえ！　さすが研究員さん、詳しいなぁ。そうか、それで白いんですね～」

失敗したと思ったのもつかの間、甘利さんはまったく嫌な顔をせず、にこにこして頷《うなず》いている。本当にいい人ね……。

救われた気分になっていると、彼はコーヒーに口をつけたあと、再び会話を広げてくれる。

「倉橋さんは優秀なんでしょうね。趣味も読書でしたよね？　勤勉なんだろうな。どんな本を読まれるんですか？」

「あ、えっと……雑食なんですが、よく読むのは推理モノでしょうか」

今度こそヘマはしないと誓い、気を取り直して答えた。甘利さんはなにかを思いついたように、ぱっと表情を明るくする。

「あぁ、〝じっちゃんの名にかけて！〟的な」

「そうですそうです、〝謎はすべて解けた！〟的な」

彼の発言に乗っかって、ふたりで笑い合った。

うん、なんだか楽しい。

再びテンションが上がってくる私に、甘利さんは正直に言う。

「僕、活字はあまり得意ではないんですが、漫画は好きで読んでいましたよ」

「漫画も好きです。面白いですよねぇ。密室殺人の謎を解くのが楽しいですし、殺害方法で青酸カリとかヒ素とかの毒物が出てくるとワクワクしてしまって、ついその性質や化学式を調べたりなんかして……」

はっ。なに言ってるの、私……毒物にワクワクするとか、普通の女じゃないから！

口をつぐんでも、すでに遅い。甘利さんはヒクッと口の端を引きつらせ、若干青ざめた顔で固まっていた。

あぁ、甘利さんもさすがに、今のは引いているわよね……。またやってしまった。

今回もご縁はないに違いない……。


「今日はありがとうございました。博識な倉橋さんの話がたくさん聞けて、楽しかったです」

「こちらこそ、ありがとうございました……」

まだ太陽が照りつけている午後四時頃。疲れきった私は、終始にこやかな甘利さんに頭を下げ、ホテルのロビーを出ていく彼を見送った。

二時間弱ほどのお見合いで、なぜこんなに疲労を感じているのだろうか。残業をするほうがだいぶマシな気がする。

どう頑張っても面白い&可愛《かわい》いトークができない私に、最後まで優しく接してくれた彼は『駅まで送りますよ』と言ってくれた。しかし私は、これ以上一緒にいてもボロを出してしまうだけのように感じて、お手洗いに寄ってから帰る、と口実を使い、お断りしたのだ。

甘利さん、すごくいい人だったけど、きっと私とは合わないわ。

自分に落胆し、フラフラと回れ右をして本当にお手洗いに向かおうとしたその瞬間、背後を通りかかった人に気づかず、ドンッ！と思いっきりぶつかってしまった。

「きゃっ！」

ぶつかった衝撃で小さめのハンドバッグを落としてしまい、ピカピカに磨き上げられた床に中身が散らばる。相手の姿もよく見ずに「すみません！」と謝り、すぐにしゃがみ込んだ。

「こちらこそすみません。お怪我はありませんか？」

「ええ、全然。大丈夫です」

一緒にしゃがんで中身を拾ってくれるその人は、丁寧に声をかけてくれた。紳士的な対応と落ち着いた低い声色から、顔を見なくても〝いい男〟なのだろうとわかる。

転がったリップクリームに手を伸ばしたとき、同じく拾おうとしてくれる彼の手と当たりそうになり、動きを止めて反射的に目線を上げていく。

黒光りする革靴と、身体にフィットしたネイビーの生地にストライプ柄の高級そうなスーツ。

シャープな顔の骨格、情熱的そうな厚めの唇、スッと通った鼻筋、優しげで、かつ力強さも感じるアーモンド型の二重《ふたえ》の瞳。

そして、緩いニュアンスパーマがかかった、大人のセクシーさを醸し出すダークブラウンの髪。

あれ、この人、見たことがある。

……いや、見たことがある、どころじゃない。高貴なオーラと、パーフェクトに整ったお顔をお持ちのこの方は、泉堂達樹《せんどうたつき》さん——サンセリールの若き社長ではないですか!?

「しゃ……っ!」

思わず『社長!』と叫びそうになり、慌てて口を押さえた。

ただの研究員の私が存在を知られているはずがないし、こんなハイスペックイケメンを目の前にして、まともに話せるわけがない。白衣と眼鏡で自分を保っていられる仕事中でなければ、泉堂社長の視界に入ることすらおこがましく感じるのだから。

しかし、これでもかというほど目を見開き、口を押さえて固まっている私を、彼が怪訝《けげん》に思わないはずがなく、不思議そうに首をかしげて、じっとこちらを見ている。

「〝しゃ〟?」

「あっ、しゃ……シャツ……やスーツにファンデーションがついていませんか?」

私の口から咄嗟《とっさ》に出てきた言葉は、これだった。我ながら、いいごまかし方じゃないだろうか。

一瞬キョトンとした社長は「あぁ」と声を漏《も》らすと、片膝をついたまま自分の胸元を見る。そして、ふっと表情を緩め、魅力的な笑みを浮かべた。

「大丈夫ですよ、気になさらないで」

「そ、それならよかったです。本当にすみませんでした。失礼いたします！」

バッグを掴《つか》んでサッと立ち上がり、ガバッと九十度のお辞儀をした私は、そそくさとその場から立ち去る。

「あ、ちょっと……！」

なにかを言おうとしたような社長に構わず、トイレにも寄らずに、一目散にホテルから飛び出した。

「はぁ、びっくりした」

ホテルから数十メートル離れたところで歩調を緩め、胸を撫《な》で下ろした。

まさか社長に会ってしまうとは。でも向こうは気づかなかっただろうから、会社で会っても平然としていればいいだろう。

日差しが反射してキラキラと輝く海と、大きな観覧車を横目に、桜木町《さくらぎちょう》駅に向かって歩きながら、つい今しがたの出来事を思い返す。

泉堂社長、間近で見ても本当にカッコよかった。

顔だけじゃなく、全身から大人の色気が漂っていて、包容力もあって紳士的。まさにパーフェクトな男性だな、と常日頃から思っている。

去年社長に就任した彼は、三十五歳で独身。引く手あまたで女性は選び放題だろうに、なぜ結婚しないのか不思議で仕方ない。まぁ、今日もスーツで仕事をしているようだったし、きっと忙しいのだろう。

なんとなく考えを巡らせて歩いていると、すれ違うのはカップルばかりだということに気づく。高校生らしきカップルが顔を寄せ合ってスマホで写真を撮っていたりして、若いっていいなぁと羨ましくなる。

芋づる式にお見合いのことを思い出し、足取りが一気に重くなった。

もっと早くから恋愛に対して積極的になっていれば、苦労することもなかったのだろうか。社長みたいな完璧な人じゃなくていい。普通でいいから、ありのままの私を愛してくれる人を見つけたい。

でもそれは、顕微鏡でミクロな細菌を見つけるよりはるかに難しい課題で、いつになったら解決できるのか見当もつかなかった。

突然の衝撃的告白でバグ発生

翌朝、午前八時五十分。サンセリールの本社ビル二階にある研究室に出社した私は、自分のデスクのパソコン画面に映る表を、頬杖《ほおづえ》をついてぼんやりと眺めていた。

最寄りの鶴見《つるみ》駅から徒歩五分の場所に構えるこの本社ビルには、高級チョコレートやギフト菓子を製造する工場が併設されている。支店は全国に五つあり、社員は全部で七百人ほど。そのうち、私が所属する商品開発研究課のメンバーは約十五人だ。こぢんまりとしたオフィスの隣に研究室がくっついており、成分の分析や、味や品質の研究を日々行っている。

おそらくチョコレート好きなら、誰もが一度は口にしたことがあるだろうわが社の商品作りに関わっていられるのは、とても光栄なこと。それになにより好きな仕事だから、毎日楽しく働いている。しかし……今日はいまいちやる気が出ない。

そんな私の視界の端に、ゆるふわボブの髪を揺らして、にこりと笑う女の子が入り込んできた。

「きーよーさん。おはようございます」

右側から私の顔を覗《のぞ》き込んで元気に挨拶してくれるのは、二歳年下の後輩の、丸岡《まるおか》咲子《さきこ》ちゃんだ。愛嬌のあるえくぼとつぶらな瞳、そして少々ふっくらとしたマシュマロボディが可愛い彼女は、プライベートでも仲よくしている友達のひとりでもある。

画面から彼女へ目線を移し、気が抜けた声で挨拶する。

「あ……さっこちゃん、おはよ」

「どうしたんですか？　いつもキビキビしてる綺代さんが、今日は燃えつきたふうになっちゃってますけど」

「んー、ちょっとね」

不思議そうにして白衣のポケットにペンを挿している咲子ちゃんに、苦笑いを返す。昨日のお見合いがうまくいかなかったことより、自分の恋愛スキルレベルの低さに落ち込んでいるのだ。

これまで彼氏がひとりもできたことがない原因は、研究に没頭していたことだと思っていた。二十七歳になり、周りで結婚ラッシュが始まったことでようやく危機感を覚え、結婚相談所に入会してみたわけだが、私自身に問題があるのだと、はっきり思い知らされた。

すると、さらりとした黒髪のもうひとりの研究員が、左側から私の顔を覗き込んでくる。

「潤《うるお》いが足りない肌に、生気のない瞳……。また失敗したんですね、お見合い」

眼鏡の奥から切れ長の瞳で私を観察し、ズバリと言ってくるこのクールなイケメンは、ザ・理系男子の氷室《ひむろ》くん。彼は咲子ちゃんと同期でありながら、かなり優秀だと課長に買われている期待のホープだ。ひとつ残念なのは、女心をまったく理解できていないところだろう。それでも気が合う私たちは、なにかと三人でいることが多く、私のお見合い事情も知っている。

遠慮なく痛いところを突いてくる彼を、私は横目でじとっと見やり、咲子ちゃんは丸い瞳をさらに丸くする。

「そうなんですか⁉　就活スタイルの改善はしたはずじゃ……」

「外見は大丈夫だったと思う。ただ話が盛り上がって、つい調子に乗っちゃったのよ」

ぽりぽりと頭を掻《か》いてざっくりと言うと、咲子ちゃんと氷室くんは目を合わせ、同情するような小さなため息をついた。

私の隣のデスクである咲子ちゃんは、椅子に腰を下ろして問いかける。

「でも、お見合いって、こんなに早く返事が来るものなんですか？」

「まだだけど、ダメに決まってるわ。青酸カリにワクワクするような女と結婚したいくっている。
半笑いでツッコむ氷室くんは、私のデスクに置いてあった実験データの資料をめ
「どんな話をしてたんですか」
気持ちになる男がいるとは思えない」

この彼みたいな理系くんなら、私とも付き合えるのかもしれないけど、滅多にいないだろうなぁ。

なんて思案し、腕まくりした白衣とインテリ感が漂う眼鏡の組み合わせに、うっかり見とれてしまいそうになっていると、咲子ちゃんが口を尖《とが》らせて言う。

「綺代さん、目鼻立ちが整っててすごく綺麗だし、スタイルだっていいじゃないですか。白衣に眼鏡とか、美人リケジョって感じもするし、〝綺代さんのヒールに踏まれたい！〟っていう男の人も絶対いるはずですよ」

「嫌よ、そんな人」

据わった目になってバッサリと切る私。咲子ちゃんの偏見がすごいな。

彼女は私の外見をこうやって褒めてくれるけれど、本当に私が美人だったら、もっと楽に彼氏ができているはず。容姿が関係ないとすると、やはり性格が問題なのか。

化学や生物の話とか、〝効率〟という言葉が、人よりちょっと好きなだけなのに。

いつの頃からか、私たちのように理系専門で研究をしている女性が〝リケジョ〟と呼ばれるようになり、世間が持つイメージも、頭がよさそうだとかクールだとか、結構偏っているように思う。

それに、当てはまっていることが多々あっても、中身は少女漫画によくある甘い恋愛に憧れる普通の女だ。当然、彼氏だって欲しい。

「どうしたら、効率よく彼氏が作れるんだろう……」

ボソッとひとりごとを漏らし、お見合い以外でいい方法はないものかと熟考していると、デスクに立てたファイルから飛び出している一枚の紙が目に入る。

それは、チョコレートには媚薬《びやく》効果が含まれていることが、イタリアの医学研究で立証された、という記事。たまたま雑誌で見つけてファイルに挟んでおいたそれを手に取り、両側から覗き込んでくるふたりに言う。

「こうなったら、やっぱりやるしかないかしら。媚薬効果を得られるチョコレートの開発」

ぶっ飛んでいる考えに思われそうでも、私は結構本気だ。

記事によると、チョコレートには、まるで恋に落ちたかのように胸をドキドキさせる効果があるのだという。これをもっと研究すれば、媚薬チョコを作ることも可能なんじゃないだろうか。

むくむくと開発欲が湧いてくる私に、咲子ちゃんが、ぱっと顔を輝かせる。

「そうですよ！　これがもしうまくいったら、狙った人をその気にさせることができるかもしれませんからね」

「でしょ？」

乗り気になってくれた彼女と一緒に盛り上がり始めると、氷室くんも腕を組んで軽く頷いた。

「面白そうなので僕も手伝います。うまくいけば、倉橋さんが学会で論文を発表して、イケメン学者の目に留まるかもしれませんし」

「それ、媚薬関係ないね」

私のツッコミにクスッと笑った彼は、チラリと腕時計に目線を落として、私の向かい側にある自分のデスクへと戻っていく。

もう始業時間の九時だ。仕事脳に切り替えないと。今日はいくつか試作品を作らなければいけないんだから。

長くなった前髪を耳にかけ、気合いを入れて分析データを確認し始めようとしたとき、咲子ちゃんがこんな声をかけてくれる。

「綺代さんの恋愛、応援してますから。頑張りましょうね」

両手でクリームパンみたいな拳を作り、丸みを帯びた顔でにっこりと笑う咲子ちゃんは、本当に愛らしくて癒《いや》される。

昨日の失敗で落ち込んでいた気分がだいぶ浮上してきて、私も笑顔で「ありがと」と返した。


今日は午前中に試作品を一回作り、研究室の皆で試食することになっている。

壁に面して業務用の冷蔵庫が設置され、試作に必要不可欠な小型の機械や分析機器、さまざまな薬品などがずらりと並んだ研究室は一見、食品を作る場所には思えない。しかし、ここでサンセリールの商品が日々生み出されているのだ。そして、私が落ち着ける場所のひとつでもある。

今回は、秋限定で売り出すマロンクリーム入りのチョコレートの試作を、私と咲子ちゃんを含めたチームで行う。前年よりもいい商品に改良して、消費者へと届けなければならない。

私たち以外にも、氷室くんたちのチームが別件で各々作業をしている中、壁際にある小型のコンチェという円筒の機械でチョコレートを練り上げていると、上司である課長がこちらにやってくる。

今年五十歳になる、丸いお顔に眼鏡をかけた小柄な彼は、可愛いタヌキを彷彿《ほうふつ》とさせる風貌で、甘利さん以上にゆるキャラ感満載だ。

「倉橋さん、来月の新商品の開発会議、僕の代わりに出てもらってもいいかな？　法事と重なっちゃってね」

困り顔の彼に言われ、私は一瞬思考を巡らせる。

新商品の開発を始めるときは、各課内で数人を抜擢《ばってき》してチームを組み、そのリーダーと課長とで会議に参加することになっている。私も何度かチームリーダーを任されたことがあるから、会議にも慣れているし、課長が不在でもおそらく問題はないだろう。

「ええ、大丈夫ですよ。わかりました」

「悪いねぇ」

快く返事をする私に、課長は申し訳なさそうに微笑んだ。そして私の肩をぽんぽんと軽く叩《たた》いて、こんなことを言う。

「倉橋さんにもかなーり期待してるから。今度の新作は国際コンクールでの受賞を目指すつもりで頑張ろう」

国際コンクールというのは、世界中のチョコレートに関わるあらゆるステージにおいて、最も優れた高品質なチョコレートを認定するコンクールのこと。わが社も過去に受賞したことがあるものの、そのときのチョコレート作りに、私はまだ本格的に関わってはいなかったから、ぜひチャレンジしたい。

課長は皆に愛される穏やかな性格で、人望も厚く、仕事もそつなくこなす有能な人だ。尊敬する上司に期待されるというのは素直に嬉しく、やる気も出る。

私は口元を緩ませ、大口を叩いた。

「もし賞を獲得できたら、授賞式に私も連れていってくださいね」

「もちろんだよ。ベルギーでビールを飲みながらムール貝でも食べよう」

わははっと笑って離れていく課長を見送ると、今度は咲子ちゃんが隣にやってきて、感心するように言う。

「さすが綺代さん、期待されてるなぁ。コンクールで受賞、してみたいですよね」

「うん。私たちだけの力じゃどうにもならないけど、戦力にはなりたいね」

商品化するチョコレートは当然、私たち研究課だけでなく、開発課や営業課など、サンセリールの社員が一丸となって作り上げるもの。

でも、もしそれが受賞したら、自分たちで発見し、追究した製法を認められたともいえるのだ。研究者冥利に尽きること、この上ない……と真面目《まじめ》に考えていたのに、咲子ちゃんは呑気《のんき》に冗談をかましてくる。

「媚薬チョコ、開発できたら出品してみますか」

「〝それは危険で賞〟なら受賞間違いない」

ケラケラと笑う咲子ちゃんの隣で、来月の会議のことを忘れないようメモしておこうと、白衣のポケットからペンとメモ帳を取り出そうとした。しかし……。

「あれ？　メモ帳どうしたっけ」

いつもすぐに書けるようメモ帳を忍ばせているのに、今日はポケットに入っていないことに気づいた。

バッグに入れたままだったかな？　朝、ぼーっとしていたから。

あらゆるポケットに手を当てて首をひねっていると、研究室の出入口付近で仲間が騒ぐ声が聞こえてくる。

「うわ、油こぼれた！」

「皆、ここ気をつけてー」

どうやら研究に使う油を床にこぼしてしまったらしく、後輩の男子が慌ててペーパーを取りに行っている。

ドジだなぁ、と含み笑いをしてその様子を眺めていると、事務所のほうからひとりの男性がこちらに向かって歩いてくるのが目に入った。

その瞬間、ドキリと胸が鳴る。スタイルがよく気品もあり、私たち一般社員とはまるで違うオーラを放つ彼は、わが社トップの泉堂社長だったから。

「社長！　おはようございます」

事務所のほうでもこちらでも、社員たちが口々に挨拶し、社長は麗《うるわ》しい笑みをたたえて「おはよう」と返す。皆が彼に敬意を持って接しているのは、彼が若くても非常に優秀で統率力に長けているからに他ならない。

高貴な彼は、「油がこぼれているので気をつけてください」と言われ、出入口で立ち止まっている。

どうしたんだろう、社長が研究室に来ることは滅多にないのに。

昨日ぶつかってしまったことを思い出し、なんとなく気まずくなる。しかし、そう感じているのはきっと私だけだ。

気を取り直して試作を続けようとコンチェに向き直った直後、研究室になめらかな声が響き渡る。

「忙しいところすみませんね。倉橋綺代さんはいますか？」

……ん？　今、私の名前が聞こえたような。

いや、気のせいだよね。彼が私に用があるはずがないし、第一、名前だって知られていないだろうから。

空耳だと決め込んで、機械の中で波打つチョコレートから目を離さずにいると、咲子ちゃんが慌てて私の腕をつつく。

「綺代さん、呼ばれてますよ、社長に！」

「……えっ⁉」

空耳じゃなかったの⁉と、数秒の間を置いてすっとんきょうな声を出し、バッと勢いよく振り返る。目が合った社長は、私を見てふわりと微笑んだ。

な、なぜ？　社長直々に呼び出されたことなんて、過去に一度もないのに。

唖然《あぜん》とする私にさりげなく近づいてきた氷室くんが、ボソッと呟く。

「なにやらかしたんですか」

「なんで問題起こしたことになってんの！　私はなにも……」

そこまで言って、はっとした。

なにもなくないってば。昨日、粗相をしてしまったじゃない！　ぶつかったことがきっかけで、なにか大変な事態に発展してしまったとか？

「心当たりがありそうですね」

「……ひとつだけ」

無表情で言う氷室くんに、私はサーッと血の気が引くのを感じて答えた。

悪い予感しかしなくても、とにかく行くしかない。社長は忙しいのだから、ぐずぐずしている場合ではない。

咲子ちゃんに、コンチェを回す時間とチョコレートの風味を記録しておくよう頼み、社長の元へ向かう。ドアに寄りかかり、腕組みをして待っている彼は相変わらず穏やかな表情にもかかわらず、その笑みも恐ろしく感じてしまう。

身長百六十センチの私がかなり見上げるくらいの高身長で、前髪はすっきりと額を出したスタイルにセットされている。きりりとした眉も、綺麗な二重の瞳もよく見える。神々《こうごう》しすぎて、私なんて粉砕されてしまいそうだわ……と本気で思いながら、床を拭《ふ》く後輩の横に立ち、肩をすくめてぺこりと頭を下げた。

「お疲れ様です」

「お疲れ様。君にこれを届けに来ました」

「え……あっ！」

社長に差し出されたものを見下ろし、目と口をぱかっと開いた。

それは、さっきポケットにないことに気づいたメモ帳。どうして社長がこれを持っているの⁉

瞬時に記憶を遡ると、昨日のお見合いの時間や場所をメモしてあったため、ハンドバッグに入れたことを思い出した。私はアナログな人間で、忘れたくないことはなんでもメモに残しておくタイプなのだ。

しかし、そんなことはどうでもいい。今重要なのは、社長がこれを届けに来てくれたということ。

きっと、昨日ぶつかってバッグを落としたときにメモ帳も落としてしまい、社長が拾ってくれたのに、私は受け取らずに帰ってしまったのだろう。

そして彼は、リケジョ姿ではない私のことを見抜き、所属も名前も知っていた。にわかには信じがたい事態だ。

「あの、どうして私だってわかったんですか？」

「社員の顔くらい覚えてますよ」

当然だというように社長は軽く笑うけれど、この本社にだって二百人以上の社員がいるのに、その中の研究員の顔と名前を覚えているって、相当すごいですよ……。

メモ帳を受け取った格好で固まり、唖然としていると、彼はこんなふうに続ける。

「それで、倉橋さんに折り入って頼みたいことがあるんですが」

どうやら用件は、メモ帳を届けることだけではなかったらしい。そんなに改まって言われると構えてしまう。でも、きっと研究のことについてだろう。

仕事脳に切り替えた私は、眼鏡を丁番《ヒンジ》の辺りで押し上げ、「なんでしょうか？」と尋ねる。

すると、社長はまっすぐ私を見つめ、真剣な声でこう告げた。

「付き合ってくれませんか」

……全身がフリーズする。

つ、『付き合ってくれ』？

どこに？　まさか、『交際してくれ』って意味じゃ……え？

困惑しまくる私の脳はバグを起こし始めている。床を拭いていた後輩も手を止め、ギョッとした顔で私たちを見上げているから、聞き間違いではないはず。

固まって間抜けな顔をしているだろう私に、社長は若干眉を下げて微笑む。

「突然こんなことを言って、困らせてしまって申し訳ない。でも、私には君が必要なんだ」

再び真剣な調子で頼まれ、ついに私の思考はストップした。

嘘《うそ》、あり得ない。泉堂社長が私を求めてくれるなんて。

あまりの衝撃で身体から力が抜け、ふらつく足を半歩後ろに引いた。その瞬間、まだ床に油が残っていたらしく、つるりと滑って身体が後ろに傾く。

「きゃ……っ⁉」

やばい、転ぶ……！

反射的にぎゅっと目をつぶった直後、身体が支えられる感覚がした。重力に抗えないひやっとする感じも、痛さもない。

感じるのは、ほんのりと鼻をかすめる甘さと爽やかさが絶妙な香りと、包み込まれるような安心感。

開いた目に、白いワイシャツの襟とブルーのネクタイが飛び込んでくる。おずおずと目線を上げれば、普段見ることのないセクシーな顎のラインが見え、息が止まった。

「っ、危ない……大丈夫ですか？」

心配げな整った顔がこちらを向き、ドッキンと大きく私の心臓が飛び上がる。

社長は片手でドアに掴まり、もう片方の腕は私の腰に回してしっかりと支えてくれているのだ。

信じられない……。片腕で抱きかかえてもらっているなんて、恥ずかしさと恐縮と、ドキドキしすぎの不整脈で死ねる！

絶対皆に注目されているだろうし、この状況をなんとかしたくて、社長の腕から抜け出そうと身体が勝手に動いてしまう。

「だ、だ、大丈夫です！　すみませ……」

彼の胸を遠慮がちに押し返し、下がろうとして足を引いた瞬間に思い出した。この靴には、まだ油が残っているということを。

〝しまった〟と思ったときには遅かった。再びつるんと滑り、今度はさすがに社長も支えきれず、一気に倒れていく。

「倉橋さん！」

焦った声が聞こえたとほぼ同時に、ガンッ！という音と、脳が揺れるような衝撃が走った。

強烈な痛みを感じたのは一瞬で、視界が暗く、意識が遠くなっていく。私の名前を呼び続ける声も、どんどん小さくなる。

……あぁ、私の人生はこんなに間抜けで、呆気《あっけ》ない終わりを迎えるのだろうか。

でも、最後に見たものが美しい人であったことだけが、唯一の救いだ——。

ハイスペックな彼の熱量が急接近

真っ暗だった世界に、ひとつの明かりが生まれた。それはだんだん広がって、眩《まぶ》しく感じるくらいに明るくなっていく。

それと同じように、頭に響く誰かの声が次第に大きく聞こえてくる。

「綺代。きーよ。いつまで寝てるんだ」

柔らかく、かなり懐かしい低い声。

あれ、もう朝なのか。だからお父さんが起こしてくれているのね。……ん？　お父さん？

「えっ⁉」

すっとんきょうな声を上げてパチッと目を開けると、私の顔を覗き込む、懐かしく愛《いと》おしい人の姿が飛び込んできた。

間違いなく私の父だ。私が小学二年生のとき、事故で亡くなったはずの。

にこやかに微笑んでいる彼の顔は、シワもなく若々しい当時のまま。上体を起こして周りをよく見れば、ここは私の部屋で、今はどこに収納したかも忘れてしまった赤いランドセルが机の上に置かれている。

……タイムスリップ？　いや、そんな非科学的なことは信じないわよ。

じゃあこの世界はなんなんだ、と眉根を寄せていると、父が嬉しそうに私の肩に手を置く。

「久しぶりだなぁ。こんなに綺麗になっちまって。まぁ、俺はずっと空から見守ってたけどな」

空……ということは、やっぱり父はあの世にいるのね。

死後の世界もだいぶ非科学的であるものの、父はそこにいると思っておけば心が安らぐため、天国の存在はあえて否定しない。

そこまで考え、つい先ほど自分の身に起こったことを思い出してギクリとした。

そうだ。私は研究室で転んで、頭を打ったんだ。まさか……。

「お父さんがいるってことは、私も、死んで……？」

血の気が引くのを感じ、無意識に両手で口元を覆う。

ここは本当に天国で、私は死んでしまったの？　油で足を滑らせて？　生涯独身で〝死の商人〟と呼ばれた化学者、アルフレッド・ノーベルに負けずとも劣らない悲しい最期じゃないか。

絶望感でいっぱいになっている私の耳に、はっはっはと笑う声が響いてくる。

「なに言ってんだ。まだこっちに来てもらっちゃ困るよ」

どうやら私をあの世へ連れてきたわけではないらしい父は、ベッドに腰かけ、穏やかな声で言い聞かせるようにこう紡ぐ。

「これからきっと、綺代のことをずっと守ってくれる人が現れる。その人とヨボヨボになるくらい年を取って、やり残すことはなにもないって思えるくらいになったら、こっちに来い」

温かな声が、私の胸にじんわりと沁《し》み渡る。

そういえば、父はこういう人だった。呑気そうに見えて聡明《そうめい》で、仕事が忙しくてなかなか構ってくれなくても、私たち家族のことを心底愛してくれているのは伝わっていた。

でも、もっと甘えたかったな、というのが本音だったりする。父がいなくて、寂しい思いをたくさんしてきたから。

センチメンタルな気分になり、あえて茶化すようにぽつりとこぼす。

「なんかいいこと言ってる……」

「だろ。ま、お前が本当に起きたときには忘れてるだろうな」

得意げに白い歯を見せて笑う彼は、腰を上げて私の頭をくしゃりと撫でた。

「ほら、運命の人がお待ちかねだぞ」

意味深なひとことを残し、大きな手が離れていく。父は私に背を向け、部屋から出ていこうとする。

「え……ちょっと待って、お父さん！」

せっかく会えたのに、もう行っちゃうの？　もっと一緒にいたいのに。

でも、これは追いかけたら絶対に私も死んでしまうパターンだ。さすがにあの世までは行きたくない！

私はベッドの端ギリギリに寄って手を伸ばし、もはや姿が見えない父をただ呼び続けていた。

「おと……さん……」

「倉橋さん？　倉橋さん、聞こえる？」

いつの間にか、また暗い世界が明るくなるシーンに逆戻りしている。しかし、頭に響いてくるのは父とは違う人の声。

ゆっくりゆっくり、重い瞼《まぶた》を押し上げると、ぼんやりした視界に声の主と思われる人物が映った。

「あぁ、よかった。今、先生を呼びましたからね」

心底安堵《あんど》したようなため息を漏らすその人の顔が、次第にクリアになってくる。クリーム色の天井をバックに私を覗き込んでいるのは、一度見たら忘れられない眉目秀麗な彼だ。

「しゃ、ちょう……？」

あれ、どうして泉堂社長が……というか、ここはどこ？

父と会ったのは夢だったということはわかっても、いまいち状況を理解できない。ぼーっとした状態で呟くと、社長は優しい眼差《まなざ》しを私に向けて教えてくれる。

「覚えていますか？　研究室で転んで頭を打ったんです。目立った怪我はないようですが、意識をなくしていたので救急車を呼びました」

記憶喪失になったわけではないので、すぐに思い出した。とんでもない失態を演じてしまったことを。しかも、社長はこの病院にまで付き添ってくれている。

ヒュッと息を呑《の》み、「すみません！」と言って思わず起き上がろうとした途端、頭にズキンと痛みが走る。片方の肘をベッドについて、身体を起こしかけた状態で頭を抱えた。

「いたた……」

「こら、安静に」

優しくたしなめた彼はベッドに片手をつき、もう片方の手で私の肩に触れ、そっと押し戻すように寝かせてくれる。まるで甘いシーンだと錯覚してしまうくらい距離が縮まって、胸が高鳴った。

さっき抱き留められたときのことまで思い出して、なんだか身体が火照《ほて》りだしてしまう。こういうことに慣れているわけがないのだから。

雲の上の、憧れでしかなかった社長と、こんなに近くで一対一で話せているだけでなく、触れられることなんて奇跡に近い。まだ夢を見ているような気分で、ベッドのそばから離れようとしない彼を見ているうちに、ふと現実的な問題に気づく。

社長はずっとここにいて大丈夫だろうか。私は子供ではないし、付き添っていてもらわなくてももちろん平気だ。

「社長、お仕事は大丈夫なんですか？　戻ってもらって構わないですよ」

「幸い、午前中の予定はずらせたのでご心配なく」

たいしたことはないというふうに答える彼は、「それに」と続け、甘い笑みを浮かべる。

「私がこうしていたいんですよ。つれないことを言わないでください」

ちょっぴりいたずらっぽい口調で放たれた言葉に、ドキリとさせられる。

『こうしていたい』というひとことを〝君のそばにいたい〟という意味に捉えてしまうのは、頭を打ったからだろうか。

どことなく砕けた雰囲気にもときめいてしまっていると、やってきた中年の男性医師がカーテンを開けた。

簡単な問診や血圧測定などが淡々と行われる。倒れたときに眼鏡が当たり、目の横が数ミリ切れてしまったくらいで、他は今のところ異常はなさそうだ。

ただひとつ、なにか忘れていることがあるような……。そんな気がするだけかな。

「気絶してそのまま寝ちゃってたみたいだねぇ。まぁ、念のためCT検査をしておきましょう」

のほほんとした調子で言われ、とっても恥ずかしくなる。気絶した延長で寝ていたとは、どれだけ神経が太いのだろう。

含み笑いする社長が見えて、もっといたたまれなくなり、布団に潜り込みたかった。

今日はこのまま検査入院することになった。時刻は午前十一時になるところだ。

家族や会社には社長から連絡しておいてくれたらしく、なにからなにまでしてもらって頭が上がらない。

「本っ当にすみませんでした……」

検査の準備のため医師が去っていった直後、ベッドの脇で簡易椅子に座る彼に、心から謝罪した。

しかし、なぜか社長のほうが申し訳なさそうにしている。

「謝らなければいけないのは私のほうです。あのとき、私が手を離してしまったから」

「いえ、決して社長のせいじゃありません！」

私が挙動不審になってしまったせいですから！　というかむしろ、あそこに油をこぼしたおっちょこちょいな後輩が元凶だと思う。

慌てて否定していたさなか、突然こちらにスッと手が伸ばされる。社長の骨張った手が私の顔の横に近づいてきて、目を見張った。

いつの間にか下ろされて、頬にかかっていた髪をそっとよけられ、目の横に貼られたガーゼが露《あら》わになった。

「ここも……」

ぽつりと呟く彼の手は、肌に触れるか触れないかくらいの位置で停止していて、すごく熱く感じる。

魔法をかけられたように動けなくなる私を、彼は憂いを帯びた色気のある瞳で見つめ続ける。

「綺麗な顔に傷をつけることになってしまって、本当に申し訳ない」

彼は真剣に謝ってくれているというのに、私の頭の中には、ふわぁっと花が舞う。

だって、綺麗って……！　昨日のお見合いのとき同様、お世辞だとしても、ご自身こそ美しい社長に言われると嬉しさが半端じゃない。ごめんなさい、甘利さん。

女はイケメンに弱い生き物だと、つくづく感じる。

「たいした顔じゃないので全然平気です」と言い、顔に締まりがなくなるのを笑ってごまかした。

なんとか興奮を抑えて平静に戻ると、周りが見えづらいことにようやく違和感を覚える。椅子に座る社長の顔は認識できても、ぼやけていて鮮明ではない。

「そういえば、眼鏡は……」

寝たまま目をキョロキョロと動かして眼鏡を探すと、棚に置いてあったらしいそれを社長が渡してくれた。

しかし、受け取ってみれば、眼鏡を支えるテンプルが曲がってしまっていて、かけられないことが見て取れた。

「うわ、曲がっちゃってる」

「倒れたときのせいか。近いうちに弁償させてください」

恐縮すぎるひとことをさらりと放たれ、ぶんぶんと首を横に振る。社長に弁償させるだなんて、たとえ百円のペン一本だってためらわれる。

「そんな、いいですよ！　この眼鏡も安物ですし」

「いっそのこと、コンタクトにしますか？」

「いやいやいやいや」

話が噛《か》み合っていないぞ、とあたふたする私を見て、社長はおかしそうにクスクスと笑う。そして、なぜか再び私を見つめてくるものだから、目が離せなくなってしまった。

どうしたんだろうと若干戸惑う私に、彼はどこか色っぽい表情を浮かべ、ひとりごとのように呟く。

「……まぁ、たまに眼鏡を外している姿を見るのもいいよな。無防備な感じがたまらない」

「え？」

それって、どういう……？　なんだか、穏やかで紳士的な社長とどこか違って、セクシーで危険な色香を漂わせているように見えるのも気のせいかしら。

いまいち言葉の意味を汲《く》み取れず、ぽかんとして首をかしげる。社長は私の理解は特に求めていないようで、意味深に口角を上げるだけ。

そしてスーツの内ポケットからペンとメモを取り出し、さらさらとなにかを書き始める。それを一枚破ると、私に差し出してきた。

「退院したら、ここに連絡をください」

手渡されたものを見て、心臓が揺れ動く。

これは、もしかしなくても、泉堂社長のスマホの番号……！　こんな貴重なもの、受け取ってしまっていいの？

そもそもこれを渡してくれているのは、きっと眼鏡を弁償するためだろう。こちらは恐縮しまくっているというのに。

「あの、でもっ」

「これは、社長命令」

じっとしていられなくて、思わず起き上がろうとして再度遠慮しようとするも、ビシッと押しきられてしまった。

社長命令というものほど、有無を言えなくさせられるものはない。社長って、案外強引だ。

「……はい」

おとなしく従うことにすると、彼は満足げな表情を見せて腰を上げる。ついに夢のひとときが終わってしまうらしい。

「じゃあ、そろそろ行きますね」

「はい。本当にありがとうございました」

若干の名残惜しさを感じつつお礼を言う私に、社長は小さく首を横に振った。そして桃色のカーテンに手を伸ばした直後、ぴたりと止まり、なにかを思い出したようにこちらを振り向く。

「今日は大切な話をしようと思っていたんですが、君が本調子になってからにします。お大事に」

優しい笑みを残して去っていく彼を、私はキョトンとして見送る。

大切な話って、なんだろう。そういえば、私が頭を打つ前に、なにかを話していたような……。

さっきから感じていたもやもやを晴らすべく、社長が研究室にやってきたところから記憶をリプレイしてみる。そうして、あの衝撃の言葉たちが蘇《よみがえ》ってきた。

『付き合ってくれませんか』

『私には君が必要なんだ』

そうだった……よくわからないけれど、告白まがいの言葉を頂戴したんだった！

誰もいなくなったのをいいことに、布団を頭まで被って悶《もだ》える。

ほとんど話もしたことがない相手から告白されることなんて、統計を取ったって、きっと十パーセント未満に違いない。そうわかっているのに、私の中にもある乙女心が、ほんのわずかな可能性にすがろうとしている。

あぁ、本来なら今頃あの意味を理解できていたはずが、先延ばしになってしまった。焦《じ》らされるのは、長時間かかる実験だけで十分なのに。

むくりと布団から顔を出し、握りしめていた紙切れを眺める。

こうなったら、社長が書いた番号の数字の間に〝＋《プラス》〟や〝－《マイナス》〟などを入れて、合計で十になるように計算して気を紛らわせるしかない。

学生時代によくやっていた理系ならではの遊びをし始めて、それほど経たないうちに、検査をするため呼ばれた。

しかし、それを終えてベッドに戻るとまた悶々《もんもん》としてしまい、同じ計算遊びをしても、どうしても泉堂社長の姿に邪魔されてしまう。

「あー、ダメだぁ〜」

やっぱり気になって仕方なく、ベッドの上でひとり悶絶する。そのとき、シャッという軽い音がしてカーテンが開かれた。

現れたのは、仕事中とは違ってすっぴんに近い薄化粧の母と、勤めている皮膚科のクリニックで早めの休憩を取って来てくれたらしい姉の紫乃《しの》だ。

頭を抱える私を見たふたりは、ギョッとした様子で私のそばに駆け寄ってくる。

「綺代!?」

「どうしたの、頭痛いの!?」

「あ、や、違う違う！　なんでもないよ、考え事してただけだから」

慌てて手の平を向けて誤解を解くと、ふたりは大きく息を吐き出した。

「もう、驚かさないでよ」

「ただでさえ社長さんから連絡が来てびっくりしたっていうのに、お母さんの寿命を縮めないでくれる？」

安堵と呆《あき》れが交ざったような顔をするふたりに、私は「ごめんなさい」と素直に謝った。父が事故に遭ったときのこともあるから、私が病院に運ばれたと聞いて、さぞかし心配したことだろう。

「よかったわ、たいしたことなさそうで」と胸を撫で下ろす母に、少々罪悪感が交じる笑みを返した。

ベッドを起こして座り、持ってきてくれたお見舞いのプリンを受け取っていると、紫乃ねえが私の足元の椅子に腰かける。二歳年上の彼女は、ゆるふわのパーマがかかったセミロングの髪を揉《も》み込むようにくしゃっと弄《いじ》りながら、感心したように言う。

「あんたのところって、すごいね。わざわざ社長が連絡よこしてくれるなんて」

「たぶん転んだときに一緒にいたからかな。でも本当にいい人だよ。さっきまでここにいてくれたし」

社長が座っていた簡易椅子をチラリと見やると、なぜだか胸がざわめきだし、それを抑えるように無意識に唇を結んでいた。

すると、にやけた紫乃ねえの顔が、どアップで視界に入り込んできてギョッとする。

「へぇ〜。なんかちょっと乙女な顔になってない？」

乙女な顔？　それがもし少女漫画のような〝恋をしている可愛らしい表情〟ということなら、ただの気のせいだと言いたい。確かにドキドキはしたけれど、恋に落ちたというわけではないのだから。

「なってないよ」

「ふ〜ん」

普通に否定しても、紫乃ねえはまったく意に介していないように、にやにやしていた。冷ややかな目線を返すと、体勢を元に戻した彼女が意気揚々と話し始める。

「でも、サンセリールの若社長って独身なのよね？　綺代みたいな一研究員がお近づきになれることなんて滅多にないんだから、このチャンスをモノにしない手はないわよ。昨日のお見合いもいまいちだったんでしょ」

チャンスうんぬんは置いておくとして、痛いところを突かれて黙り込んでいると、私の着替えを収納スペースにしまった母が椅子に腰かけて言う。

「あら、いまいちだったの？　甘栗《あまぐり》さんだっけ」

「それ絶対、わざと間違えたよね？」

すかさず確認すると、母はいたずらっ子のようにケラケラと笑っている。

この母はかなりの天然ボケなので、もしかしたら本当に甘栗さんだと思っているのかも、と一瞬引いたものの、どうやらただふざけていただけらしく、ホッとした。

そういえば、母にはまだ結果を話していないんだった。夜、スナックで働いている彼女は、私たちが仕事に行くときはまだ寝ているから。

私のお見合いの行方《ゆくえ》を生暖かく見守っているふたりに、昨日のことを思い返して率直な感想をこぼす。

「甘利さんもすごくいい人だったけど、私とは合わないと思う」

それは性格的に、というだけじゃなく、なんとなくしっくりこない感じがする。ドキドキワクワクするような心の動きも感じなかった。

恋人になるために必要な、とても大事ななにかが足りない気がするのだ。まぁ、数時間話しただけでは、そのなにかは特定できないか。

でも、社長と一緒にいたのはたったの数十分なのに、私はこれまでにないほどドキドキしたんだよなぁ……。

ぼんやりと思いを巡らせていると、私を元気づけるように、母が明るい調子で提案してくる。

「もう相談所は退会したら？　綺代のことをよくわかってる私が、合いそうな人を探しておいてあげるわよ。案外イケメンなお客さんも店に来るんだから！」

「んー……」

確かに、母が働くスナックにはいろいろな人が来るから、その中にいい人がひとりくらい紛れているかも……と考え、曖昧に返事をした。

いまいち煮えきらないのは、きっと社長のことがあるからだろう。彼の〝大切な話〟というのが、もしかしたら私の人生を百八十度変える可能性もないとは言いきれないから。

その可能性は限りなくゼロに近いというのに、僅少な望みを持ってしまう自分はものすごく滑稽で、人知れず呆れたため息を漏らした。

魅惑の誘いとフェロモン放出

ＣＴ検査でも問題はなく、翌日には退院できた私は、ひたすら自室のベッドの上で正座をして唸《うな》っていた。手に持ったスマホと睨《にら》めっこをすること早一時間。時計の針はもうすぐ午後七時を示そうとしている。

こうしている理由はもちろん、泉堂社長に電話をするために葛藤しているから。仕事の用件ではないため終業時間まで待ってみたのだけど、そうでなくても緊張してしまって手が動かせない。

でも、あまり遅くなったらそれはそれで失礼だ。それに、向こうがはっきり『かけてください』と言ったのだから、なにも怖《お》じ気《け》づく必要はないはず。

「これは社長命令、社長命令……」

呪文のようにぶつぶつと繰り返して言い聞かせ、決心した私は思いきって受話器のマークをトンッとタップした。

ドキドキして、ぐっと締まってしまう喉を開くために咳払《せきばら》いし、スマホを耳に当てる。コール音が五回ほど鳴り、それが切れたのを合図に息を吸い込んだ。

「もしも――」

『ただ今電話に出ることができません。ピーという発信音のあとに――』

よく聞く応答メッセージが流れ、一気に脱力した。

はぁ、留守か……どんな会話をすればいいか、頭の中で何度もシミュレーションしていたのに。

いざ本人が出ないとなるとがっかりしてしまう面倒な自分に呆れるも、まだ気を抜くわけにはいかない。一応メッセージを残しておかないと。

うなだれた体勢を元に戻し、退院したことと、明日から復職することを事務的な調子で伝えて電話を切った。

部屋の中は快適な温度であるにもかかわらず、背中は汗でしっとりしている。電話ひとつでこんなにも緊張するとは。昨日、お見合いの結果を仲人に報告したときは、さっぱりしたものだったのに。

お見合いの返事は翌日までにすることになっており、結局お断りした。社長の件がなければ、私のほうは一応ＯＫにしようかなと思っていたものの、気持ちが変わってしまったから。

私の頭の中は、今は社長のことでいっぱいなのだ。それは恋愛感情ではないにしても、甘利さんの印象も、再び会いたいという気持ちも薄められてしまった。

「とりあえず、任務は完了したわ……」

大きな仕事を終えたときに似ている充足感と疲労感を抱き、今日の食事当番である紫乃ねえが作ってくれている夕飯を食べるため、一階のダイニングへと向かった。


結局その日は、社長から折り返しの電話はかかってこなかった。

彼は多忙だろうし、そもそも私が退院した事実だけ知ることができればいいのかもしれない。もしかしたら……と思って、寝るまでそわそわしていたことは内緒だ。浮ついたことばかり考えていないで、ちゃんと仕事をしなければ。

通勤電車の中で気持ちを切り替え、薄いカーディガンにスキニーパンツという、いつものカジュアルなスタイルで本社までの道を歩く。眼鏡は、昔使っていたものをとりあえずかけている。いくらか度が弱いものだが、日常生活にそれほど支障はない。

エントランスに着いたところで「綺代さーん！」という声が聞こえて後ろを振り向いた。女の子らしいフェミニンな服装の咲子ちゃんが手を振り、豊満な胸を揺らして小走りでやってくる。

彼女は入院中、『氷室くんとお見舞いに行きます』と言ってくれたのだけれど、『ほんの一日で退院するからいいよ』と断っていた。

心優しい後輩は、今日も朗らかな笑顔で私を癒してくれる。

「おはようございます！　具合は大丈夫ですか？」

「全然平気。ごめんね、仕事に穴開けちゃって」

「大丈夫ですよ。試作は氷室くんが手伝ってくれたし、評価も上々でした」

どうやら問題はなかったようで、ホッと胸を撫で下ろした。試作の評価がよかったなら、次のステップへ進める。

清潔感のある白い壁と、そこに掲げられた自社ブランドのロゴが存在感をアピールしているロビーを横切り、咲子ちゃんが改めて言う。

「本当によかったです～。たいしたことなくって」

「ある意味、たいしたことになったような気もするよ……」

怪我はなかったにしても、研究室であんな事態になって救急車まで呼んでしまったのだから。

皆と顔を合わせるのが気まずいな……と苦笑する私とは違い、咲子ちゃんはなぜか目を輝かせている。

「あのときの社長、綺代さんのことすごく心配してましたよ。でも冷静に素早く対応してて、さすがだなって感じでした。抱きかかえて助けてくれたところもキュンキュンしちゃいましたし！」

二階の研究室に向かって階段を上りながら、バッグを胸に抱きしめて頬をピンク色に染める彼女につられて、こちらの顔も火照りだす。

私もキュンとしたわよ、もちろん。でも、社長はカッコよくても、私はただの間抜けでしかない。

かくりと頭《こうべ》を垂れる私に顔を近づけた咲子ちゃんは、シャレにならないことをコソコソッと口にする。

「研究室が男ばっかりでよかったですね。女性社員がいっぱいいたら今頃、綺代さんはまた病院送りになっちゃってたかも」

「恐ろしいこと、笑顔で言わないで」

軽く笑う彼女に、微妙な顔をする私。

社長は女性社員の憧れの的だが、さすがに嫉妬で刺されたりするだなんてことはないだろう。でも、女性の敵は多くなるかもしれない。

咲子ちゃんの言う通り、研究課には私たち以外に女性はふたりしかおらず、彼女たちは既婚者だし、社長のファンでもないので、面倒ないざこざは起こらないだろうからよかった。

たわいないことを話して二階の廊下を歩いていくと、研究課の皆や、通り過ぎていく社員たちが一様に頭を下げていく様子に気づく。その光景を見て目を疑った。

「あれっ、噂《うわさ》をすれば社長じゃないですか⁉」

驚きの声を控えめに上げる咲子ちゃんのおかげで、さらに心臓の動きが活発になる。

研究課の事務所の前で資料をめくって立っているのは、今日も凛《りん》としたスーツ姿が素敵な泉堂社長だ。

どうして社長が朝からここに⁉

目を真ん丸にして立ち止まる私に気づいた彼が、資料を閉じてこちらに向かってくる。その麗しい微笑みは、朝日よりもキラキラと輝いていて眩しい。

「おはよう」

「おはようございます！」

社長とほぼ同時に、元気な声を発する咲子ちゃんに続いて、私も平静を装って挨拶をする。

この感じ……まさか社長は私を待っていた？

信じられない思いで、向き合う彼を見上げたまま立ちつくしていると、ニンマリした咲子ちゃんが「先に行ってますね」と私に声をかけ、中に入っていこうとする。

そのとき、ちょうど氷室くんも出勤してきた。社長に挨拶をして、興味深げに私たちを見つめる彼は、なにを勘違いしたのかボソッと呟く。

「ついに倉橋さんにも遅い春が……」

「氷室くん！　トリグリセリドの結晶構造について語り合おっかー！」

咲子ちゃんが慌てて氷室くんの腕を掴み、事務所の中へズルズルと引き込んでいった。空気が読める咲子ちゃんは、私たちに気を使ってくれたんだろう。

一方、氷室くん、『遅い』が余計だよ。というか、別に春が来たわけじゃないから。

他の皆も私たちのことをいろいろと詮索しているのかな、と思うといたたまれなくなるも、口を開く社長へと意識はすぐに向けられる。

「昨日は電話をくれてありがとう。ちょうど会食があって、出られなくてすみませんでした」

「いえ、全然いいんです！」

それでわざわざ来てくれたのだろうか。だとしたら恐縮すぎる……！

ぷるぷると首を横に振る私を、彼は優しい眼差しと声で包み込んでくれる。

「かけ直そうかと思ったんですが、夜遅くなってしまったし、やっぱり顔を見て話したかったので。無事に復帰できてなによりです」

「……はい、おかげさまで」

口元も頬も、だらしなく緩んでしまってどうしようもない。『顔を見て話したかった』だなんて、女子が嬉しくなる言葉をさりげなくかけてくれるのはさすがだ。

気恥ずかしくて俯《うつむ》きがちになっていると、頬骨の辺りにぬくもりを感じた。病院でされたのと同じように、横に流している私の長めの前髪をそっと掻き上げるようにして、大きな手が触れている。

ドキッとして目線を上げれば、思いのほか近くにこちらを見つめる瞳があって、肩が跳ねる。

「傷、薄くなってきましたね。よかった」

どうやら目の横の傷を確認したらしく、端正な顔に安堵の笑みが広がった。

ちょ、ちょっと待ってください、社長。社内でこんな仕草をしているところを見られたら、勘違いした女子が敵になってしまうかもしれない。病院送りにされたくないんですが！

大胆な彼のおかげで顔に熱が集まるのを感じつつ、手が離された直後にキョロキョロと周りを見やる。幸い、女子どころか研究課のメンバーもほぼ出勤したようで、廊下には私たち以外いなくなっていた。

ホッと胸を撫で下ろすと、社長は離した手をポケットに入れて話を方向転換させる。

「急ですが、今週の土曜日はなにか予定はありますか？」

突然の問いかけに、ぽかんとしてしまう。

私の休日はもっぱら本を読んでいるか、レンタルした映画を観ている。咲子ちゃんや、ごくたまに氷室くんと、ランチやスイーツを研究して語り合うこともある。

今週は、ぐーたらして過ごす予定だけど、なぜそんなことを聞くのだろう。

「土曜日、ですか。特になにもありませんが……」

「空けておいてもらえますか？　半日でいいので、君の時間を私にください」

真剣な表情で頼まれ、心臓が大きく揺れ動く。

そ、それってまさか……社長と、デート⁉

「ええっ⁉」

数秒遅れて、頭から抜けるような叫び声を廊下に響き渡らせてしまった。

これでもかというほど目を見開いて驚愕《きょうがく》する私に、彼はクスッと笑いをこぼして言う。

「満足させてあげますから、ご心配なく」

どこか含みのある微笑みや発言は、なんだかフェロモンたっぷりで。この化学物質をチョコレートに混ぜたら簡単に媚薬ができるんじゃないか、というくらい私をドキドキさせる力がある。

言葉をなくして呆然《ぼうぜん》としていると、彼は私に半歩近づき、耳元に顔を寄せてくる。

「……このことは、内密に」

吐息交じりに囁《ささや》かれ、背筋がゾクゾクして、私はただこくりと頷くだけで精いっぱいだった。

満足げに口角を上げた社長は、前屈《まえかが》みになっていた体勢を元に戻す。

「眼鏡もそのときに買いましょう。また連絡します」と告げ、エレベーターのほうに向かって足を踏み出し、私の横を通り過ぎていく。

私はすらりとした後ろ姿を見送ると、一気に力が抜けてフラフラと壁に寄りかかった。今、息をしていなかったかも。

「これは……現実？」

社長から秘密のお誘いを受けただなんて、にわかには信じがたい。

この間言っていた〝大切な話〟というのは、このお誘いのことだったのだろうか。

どうして？　なんで私⁉

花が咲く頭の中には、蝶々《ちょうちょう》の代わりにハテナマークが飛び交っていて、処理できないほど大騒ぎだった。

始業時間五分前になんとか事務所に入り、課長に挨拶をして、迷惑をかけたお詫《わ》びにちょっとした菓子折りを皆に渡してから業務を始めた。

しかし案の定、身が入らない。気づくと上の空になってしまって、データの解析もいつもより時間がかかってしまう。

昼休憩に入ると、私をとても気にかけていた咲子ちゃんと、普段通り淡々と作業をこなしていた氷室くんと、三人でランチをしに会社付近の定食屋に向かった。

普段はお弁当を持参していて、毎週水曜日だけは気分転換に外で食べよう、と咲子ちゃんと決めている。氷室くんは誘われたら来るという感じだ。

サラリーマンでいっぱいのこぢんまりとした店内。そのテーブル席に着くなり、私の隣に座った咲子ちゃんは眉根を寄せてさっそく切り出す。

「綺代さん、やっぱり今日、様子がおかしいですよ。なにを言われたんですか？　社長に」

興味津々《しんしん》で私に迫ってくる彼女に、話を聞いてもらいたい気持ちはものすごく大きい。でも、『内密に』と釘《くぎ》を刺されてしまったから……。

数秒悩んだあと、当たり障《さわ》りのないことだけ教える。

「無事退院してよかったね、って」

「それだけじゃないですよね？」

「まぁ、うん……とりあえず今はまだ内緒」

「えー」

不満げに頬を膨らませる咲子ちゃんを宥《なだ》めていると、お品書きを眺める氷室くんが無表情で口を開く。

「内緒の話をするくらいの仲になった、ということは事実ですね。おめでとうございます」

「まったく感情こもってないね」

棒読みの彼に、そう言わずにはいられなかった。というか、まず『おめでとう』はなにかが違う。

あれをデートのお誘いだと安易に受け取ってしまうのは、いかがなものか。少女漫画では王道の展開に憧れてはいても、それが実際に起こることなどほとんどないと、ちゃんとわかっているのだから。

しかし日替わりランチを頼んだあと、目を輝かせる咲子ちゃんの興奮気味な声で、また気分は浮ついてしまう。

「でも、本当にすごいことですよ。高嶺《たかね》の花の社長が、忙しい中、綺代さんだけに会いに来たんですから！」

そう言われると話の内容うんぬんより、会いに来てくれたということだけで奇跡のような気がしてくる。

意味もなくおしぼりを弄っていると、氷室くんが唐突に社長について語り始める。

「泉堂社長は有能な経営者です。自分がやるべき仕事、部下に任せる仕事、そのすべてを完璧に割り振って時間を上手に使っているから、忙しくても余裕があるんです」

咲子ちゃんとふたりで、ふむふむと頷いた。

確かに、デキる経営者は余裕を持って働いているのだと、なにかで聞いたことがある。そうできない人は仕事に追われていっぱいいっぱいになり、やがて会社はうまく回らず、従業員にまで苦しい思いをさせるようになるのだと。

そういえば、さっき私を待っていた彼は資料を読んでいたっけ。あれはきっと、わずかな時間も無駄にしないことを心得ているからだ。普段からそうしているから、私が入院したときも、そばについている時間を確保できたのだろう。

「その限られた時間の中で、しかも朝一番に会いに来たということは、社長にとって倉橋さんはだいぶ重要な存在だと言っていいんじゃないでしょうか」

分析結果を述べるような氷室くんには妙に説得力があり、私は目をしばたたかせる。

彼の見解が正しいかどうかは定かではなくとも、自分が社長に必要とされているのは確かだとお墨つきをもらえたみたいで、嬉しさがじわじわと湧いてくる。

「氷室くん……ごま豆腐あげる」

なんとなく氷室くんに感謝したくなり、ランチが運ばれてきた直後、小鉢に入ったそれを差し出すと、彼は「どうも」と言って受け取った。氷室くんは、豆腐やプリンなどの柔らかくて凝固性があるものが好きらしい。老人か、とツッコみたくなる。

ほっこりした気持ちでランチを食べ始めて数分。なにかを思いついたらしい咲子ちゃんが、ちょっぴりいたずらっぽい笑みを浮かべて言う。

「じゃあ、綺代さんにもっと夢中になってもらうために、媚薬チョコの被験者は社長にお願いするってのはどうですか？　もちろん食べさせるのは綺代さんで」

社長を被験者に？

そうか。チョコレートを試食したら、媚薬効果が表れるかもしれないのだから、誰にでも試せるわけじゃない。

でも、社長だったら……よくないから‼

「そんなことさせられるわけないじゃない！　ていうか、媚薬チョコを作ってるってことをまず知られたくないし」

思わず箸を握りしめて、声を荒らげてしまった。

だって、媚薬だなんてやばいものを研究していないで真面目に仕事しろ！と思われそうだ。絶対に知られるわけにいかない。

険しい顔をする私に対し、咲子ちゃんは余裕な様子で打開案を提示してくる。

「媚薬チョコだって言わなければいいんですよ。ただの試食ってことで普通に食べさせて、社長がムラムラしてきた感じだったら、その流れで今度は綺代さんが食べられちゃってくださいっ」

「なにうまいこと言ってんのよ……」

語尾にハートマークがついているような調子の彼女に呆れ、私はうなだれた。社長の相手が私のような女では、想像することすら申し訳ない。

徐々に湧いてくる背徳感と羞恥心で悶える私をよそに、氷室くんは素知らぬ顔で媚薬チョコレートの話を進めていく。

「その前に、どう作るかが問題です。僕が考えたのは、幸福感や高揚感を得る脳内ホルモンのエンドルフィンを分泌する食品を、チョコレートと組み合わせてみるという方法なんですが」

「そっか！　チョコレートを食べたときにもエンドルフィンは分泌されるから、さらに効果的にできそうだね」

地味に盛り上がるふたりの小難しい話を耳に入れながら、私はもそもそと食事を進める。

これが本当に実現できたとして、意中の人に使うというのはやっぱりズルいような気がしてきた。卑怯《ひきょう》な手を使って相手の心を手に入れたとしても、それは自分自身を本当に愛してもらえたことにはならないのだから。

でも、そうでもしなければ、きっと私にはいつまで経っても恋人はできない。だからやるしかないのだ。

揺らぎそうになった気持ちを立て直し、とりあえず社長のことを頭の隅に追いやるためにも、休憩が終わるまで研究について討論していた。

豹変社長の危険性について

私の実家がある街は完全なベッドタウンであり、閑静でとても住みやすい。横浜《よこはま》駅まで電車で二十分ほどというのも、通勤が楽で助かっている。最寄りの駅前はスーパーが豊富で、必要なものはだいたいそこで揃《そろ》えられるため、買い物にも困らない。慣れ親しんだ洋光台《ようこうだい》駅のロータリーに、運命の土曜日を迎えた私は、これまでにないほど緊張して立っている。

先日、社長とショートメールでやり取りした際、自宅の最寄り駅を聞かれ、そこで待っているようにと言われた。しかもなぜか【ホテルで会ったときのような服装で来てください】という指定付き。

もしかして、彼はフェミニンできちんと感がある服装が好みなの?と思ったけれど、本当のところどういう意図があるのかは謎だ。

おかげで着るものに迷うことはなかった。冷やかされるのを覚悟で紫乃ねえにアドバイスを受けるつもりだったのだが、その必要もなくなったからありがたい。

言われた通り、お見合いのときとほぼ同じ格好をして、髪の毛は下ろし、眼鏡をかけたスタイルで挑むことにした。眼鏡を買うならコンタクトはつけていないほうがいいから。

五月中旬の今日は薄曇りでそれほど暑くなく、薄手のジャケットを着ていてちょうどいいくらいの気温だ。それなのに約束の午後三時が迫ってくるにつれ、体温も心拍数も上昇していく。

あと十分か……このもどかしい時間が嫌だ。

いても立ってもいられない思いで、ぎゅっと目をつぶり、早く来てくださいと祈っていたそのとき。前方に車が停まる気配がして目を開いた。

静かなエンジン音で停止した黒光りする車の運転席から、颯爽《さっそう》と姿を現す人物を見て、ひと際大きく心臓が跳ねる。

「倉橋さん、お待たせ」

爽やかな笑みを見せ、市松模様の地面をコツコツと革靴を鳴らして歩いてくる泉堂社長は、普段通りのスーツ姿で、いつもと変わらず麗しい。私はドキドキしながらぺこりと頭を下げ、「こんにちは」と挨拶をした。

「せっかくの休日に、時間を割いてくれてありがとうございます」

「いえ、家にいてもゴロゴロしていただけなので」

ご丁寧に心遣いの言葉をかけてくれる社長は、本当によくできた人だ。

緊張でへらへらと笑ってしまう私に、優しげな眼差しを向ける彼は、こんなことを言う。

「この間も思いましたが、白衣を着ていないと雰囲気が変わりますね。今日の姿も素敵です」

「そっ、そんなこと……！」

あっさりと真に受けてしまいそうになる自分に、これはお世辞だから！と言い聞かせ、謙遜しまくった。

でも、さりげなく『今日の姿〝も〟』と言ってくれる辺り、些細《ささい》な気遣いも忘れない細やかさが表れている。どれだけ非の打ちどころがないのだ、このお方は。

社長は照れる私にクスッと笑い、そっと背中に手を当てて、高級車のエンブレムがついたそれの助手席に乗るよう促した。

ドアも開けて完全にエスコートしてくれるから、まるでお嬢様にでもなったかのよう。彼の香りが漂うラグジュアリーな雰囲気の車内に乗り込むと、鼓動がますます激しくなる。

これ、社長の愛車でしょう？　特別な助手席に私なんかが乗ってしまっていいのかな。まぁ休日に私を誘うくらいだし、きっと彼女はいないってことだろうから、よしとしておこうか。

でも、なんだかデートより仕事の延長という感じがする。社長がスーツ姿だから？そういえば、休日なのになぜスーツを着ているのだろう。

ぐるぐると考えを巡らせているうちに、社長も運転席に座り、さっそく車が発進する。この動く密室にふたりきりだということを強く意識して、諸々の考えはあっさりとどこかへ消えていってしまった。

「まずは眼鏡屋から行きましょう。馴染《なじ》みの店とか、行きたい店はありますか？」

前を見据えて片手でハンドルを握る、カッコいいとしか形容できない社長に問いかけられ、胸がときめくのを感じるも、平静なふりをして答える。

「特にこだわりはないんです。これもチェーン店で買ったセール品ですし」

「そうですか。じゃあ、私が気になった店があるので行ってみませんか」

おぉ……相手が気になったところに連れていってくれるとか、本当のデートみたい。これだけのことで軽く浮かれつつ、「はい、ぜひ！」と即答すると、社長はこちらにチラリと目線を向けて微笑んだ。

弁償してくれることへの申し訳なさはまだあるけれど、こうなったらお言葉に甘えてしまおう。

社長が連れてきてくれたのは、横浜駅近くの路地を入ったところにある、隠れ家的な眼鏡屋だった。

店名が書かれた木の看板に、灰色の外壁。中はオレンジの明かりが灯っていて、シックで落ち着いた雰囲気がするセレクトショップだ。社長が商談をしに行く際、たまたま近道でここを通って見つけたが、視力がいいため入ったことはないのだという。

眼鏡に触れるのもためらわれるような、高級感たっぷりの店に連れていかれるのでは……と若干身構えていたから、ちょっぴり意外だ。でも、気後れするようなところよりも、知る人ぞ知る店に連れてきてもらえたほうが私としては嬉しいし、彼のセンスのよさも感じる。

とはいえ、店内にずらりと並ぶ眼鏡たちはすごくオシャレで、お値段も私には手が出せないものばかり。

「どれでも好きなものを選んでくださいね」

思いやり溢《あふ》れる笑顔でそう言われても、気が引けないわけがなく、曖昧に頷いた。

お言葉に甘えようとは思ったものの、本当にいいのかな……。まぁ、社長なら数万円の眼鏡ひとつ買うくらい、たやすいことか。

悩みながらしばらくディスプレイを眺めていると、社長がなにやら眼鏡を弄っていることに気づく。なんとなくその姿を見た私は、思わず二度見した。

彼の小さなお顔に、黒いスクエアフレームの眼鏡がかけられている！

視力矯正は必要ない社長が眼鏡をかけている姿は、きっと二度とお目にかかれない。

目を輝かせてまじまじと見つめる私に気づいた彼は、少しお茶目に笑ってみせる。

「一度かけてみたかったんです。知的に見えますか？」

自然に中指でくいっとブリッジを持ち上げる仕草にもキュンキュンして、私は何度も頷く。

「カッコいいです！」

質問の答えになっていないというのに、興奮のあまり、正直に口にしてしまった。だって、本当にすごく似合っているから。

社長はお世辞だと捉えているのか、軽く笑って「ありがとう」と言う。さっさと外されてしまったけれど、貴重な瞬間を見ることができて大満足だ。

……って、まだ満足してはいけない。肝心な自分の眼鏡を選んでいないのだから。

騒ぐ鼓動を抑えて再びディスプレイを眺め始めると、ふいにとても可愛いデザインの眼鏡が目に留まり、思わず手が伸びた。

柔らかな桃色のフレームで、丁番が花の形になっており、そこから伸びるテンプルも葉っぱを象《かたど》っている。私が愛用していた、一本五千円のなんの特徴もない眼鏡とは大違いだ。

とても惹《ひ》かれて見入っていると、愛想のいい店長らしきおじさんがやってきて声をかけてくれる。

「お客様は肌の色が明るく色白ですから、その柔らかい色はよくお似合いになると思いますよ」

「そうなんですか」

眼鏡選びについての詳しい知識は初めて得たので、感心したように頷いた。

どうやら、肌の色で自分に合う眼鏡の色が決まるらしい。なにも考えずに、なんとなくオシャレかなというだけで今まで紅色のフレームを使っていたから、赤っ恥をかいた気分だ。

他にも、フェイスラインによって似合う形状が違うということも教えてくれて、私が手にした眼鏡は偶然にも自分に一番合いそうだと判明した。

でもなぁ、お値段が……。

どうしても気になるのはそこだ。私だったら即諦める金額なんだもの、さすがに遠慮せずにはいられない。

やっぱりご縁はないわ……と思い、すごすごと眼鏡をディスプレイに戻そうとした、そのときだった。

「こっちを向いて」

そんな声が耳に入ってきたと同時に、眼鏡を戻すのを制すように、私の手に大きくて温かい手が重ねられる。

驚いて隣を仰ぎ見ると、社長の瞳と視線がぶつかった。

ドキ、と胸を鳴らして固まる私の顔を両側から包み込むように、長い指が伸ばされる。思わず肩をすくめて身構える私から、今かけている眼鏡がスッと取られた。そして、今度は桃色のフレームの眼鏡をかけてくれる。

こんなことをしてくれるなんて。なんだか恥ずかしい……。

こちらをじっと見つめる瞳の力に耐えられず、伏し目がちにしていると、眼鏡をかけ終わった彼の手が離れていく。おずおずと見上げれば、彼の顔に柔らかな笑みが広がった。

「とても似合っていますよ。私は好きですが、君は？」

どっくん、と心臓がジャンプする。色気ダダ漏れの流し目を向けて『好き』と言われると、勘違いしそうになってしまう。

速く打つメトロノームのような鼓動を感じ、真っ赤になっているだろう顔を俯かせて正直に答える。

「す、好き、です……」

なにこれ、まるで告白の予行演習みたいじゃないですか。

よくわからない恥ずかしさでいっぱいになる私の前で、したり顔をする社長は「これ、プレゼントさせてください」と言って、さっそく店長と話を進めていた。

私が遠慮していることを、社長はお見通しだったのだろう。ニクいお方だ。

おとなしくプレゼントしてもらうことにした私は何度もお礼を言い、店内の奥のスペースに移動すると、視力検査をしてレンズを選んだ。ちょうどいい度数の在庫があるらしく、四十分ほど待てば受け取れるというので助かる。

それらが終わって売り場に戻ったとき、社長は長い脚を組んでソファに座り、タブレットを操作していた。どうやら仕事をしているようで、こういう時間も無駄にしないところはさすがだ。

私が来たことに気づいてタブレットをバッグにしまう彼に、ぺこりと頭を下げる。

「お待たせしてすみません。ありがとうございます」

「いいえ。仕上がりはどのくらいになりそうですか？」

「四十分後くらいだそうです」

今からだと四時半頃にはでき上がりそうだ。腕時計に目を落とした社長は「そうですか」と呟き、目の前に立つ私を見上げて動きを止める。

……ん？　なんだろう、この品定めされているような視線は。

私を見つめてなにか思案しているらしい彼を不思議に思い、小首をかしげると、彼は突然スッと腰を上げた。そしてなぜか店の奥へと向かい、そこにいる店長に声をかける。

「すみません、少し外へ出てきます」

えっ、外へ？　急にどうしたのだろう。

店長が快く「どうぞ～」と了承すると、彼はキョトンとする私の手を引いて、眼鏡屋をあとにした。

生暖かい風がそよぐ街を歩き始める彼に、私は戸惑いながらついていく。掴まれたままの手首から、全身に熱が広がっている。

「あの、どこへ行くんですか?」

「近くに雑貨屋があったので、そこへ」

端的な彼の答え通り、眼鏡屋から三分もしない場所に、レトロで可愛らしい雑貨屋があった。

客は女性ばかりで、社長とはあまりマッチしない店内を、彼はまったく気にせず進んでいく。そして、ヘアピンやバレッタなどが飾られているコーナーに来たところで、ようやく手が離された。

雑貨屋になんの用があるのかと、疑問ばかりが渦巻く私に、社長はさらに謎の質問を投げかけてくる。

「倉橋さんは、ヘアアレンジをするのは得意ですか?」

「えっ? いえ、あまり得意では……」

なぜ急にヘアアレンジ?と、わけがわからずに答えると、彼は意味深な笑みを浮かべてこんなひとことを放つ。

「じゃあ、私に挑戦させてください」

はいー⁉ いったいどういうこと⁉

理解不能すぎて唖然とする私に構わず、社長はヘアアクセサリーを物色し始める。

おかしな顔になっているに違いない私にあれこれとあてがったのち、上品なゴールドのフェザーバレッタやゴム、ヘアピンを手にしてレジへ向かった。

ほんの数分で雑貨屋をあとにすると、また眼鏡屋に戻る。その間、詳しいことはなにも教えてもらえなかった。

思えば、最初からそうだ。私に『付き合ってください』と言ったときも、今日のお誘いをしてくれたときも、社長は一番重要な理由を語ってくれていない。

絶対なにか裏があるはず。やっぱり今日は、ただの甘いデートではなさそうだ……。

眼鏡屋の、さっき社長が座っていたふたりがけのソファに促される。

彼の頭の中を透視できるような力があればいいのに、と柄にもなく不可能な能力が欲しいと思いつつ、そこに座った。彼も隣に腰かけると、私の両肩に手を添えて斜め前を向かせる。

そして「失礼」とひとこと断った彼に、背後から髪に触れられた瞬間、難しいことは考えられなくなった。

後頭部の上のほうから挿し込まれた指が髪を滑り、手ぐしで整える。何度かそれを繰り返し、どうやらひとつに束ねようとしているらしい。

美容師以外の男性に、こんなにもたくさん髪に触れられたのは初めて。すごくドキドキする……！

「綺麗な髪ですね。指通りがよくて、ずっと触っていたくなる」

セクシーな声色でそう紡がれると同時に、髪を集める指で首筋をなぞられ、ゾクリとした。

私の地毛は若干茶色っぽく、染めたりパーマをかけたりもしていないから、確かに傷んではいないと思う。でも、褒め方がなんとなくエロいと思ってしまうフトドキな私……フッ素と水素の化学反応に巻き込まれて爆発してしまえ。

とにかく、いろいろとアブノーマルなこの状況のせいで暴れる心臓を抑え、されるがままにじっとしていた。

今どうなっているのか見当もつかないけれど、髪を縛り、ヘアピンを留めていく社長の手つきは慣れているような気がする。

「社長……どうしてヘアアレンジなんてできるんですか？」

見えるはずもない後ろの彼のほうへ横目を向けて、単純な質問をすると、ひと呼吸置いてこんな言葉が返ってきた。

「昔、美容師になりたかったので」

「嘘っ」

「ええ、嘘です」

「え⁉」

困惑の声ばかり上げる私に、社長はおかしそうにクスクスと笑う。

結局、この疑問にも答えてもらえないのか。まさか、彼女にやってあげていた、とかいう乙女系男子みたいな理由じゃないでしょうね……。

ますます社長の謎が深まって、難しい顔をしているうちに「はい、でき上がり」という声が耳に届いた。

腰を上げ、壁にかけられたアンティーク調の鏡を覗いてびっくり。後ろで丸くまとめられた髪は、トップや耳の辺りをあえて少し崩してオシャレなシニヨン風になっている。きっちりしすぎず、かつラフすぎず、バレッタも天使の羽が落ちてきたように自然につけられていた。

「すごい……お上手！」

「簡単にできますよ」

さらっと言ってのける社長には感服する。この人にできないことはないのだろうか。

感動で目を輝かせ、いろんな方向に顔を向けて髪型を観察していると、眼鏡が仕上がったらしく店長に呼ばれた。

さっそくかけてみて、クリアな視界とかけ心地のよさに大満足する。今までのどの眼鏡よりも似合っている気がするし、髪型も違うし、新しい自分になった感覚で結構気分が上がる。

「いつもの自分とは大違い」

再び鏡に映した自分に、ぽつりと呟いた。

背後に映り込んできた社長が、鏡越しに私と目を合わせて満足げに頷く。そして、思いも寄らないひとことを口にした。

「これで、完璧に私の秘書です。一日限りの」

……ん、秘書？　一日限り？

「……はい？」

なんのことやら理解不能で、数秒の間を置いてから気の抜けた声を漏らした。振り返れば、社長はすでにレジで金色にきらめくカードを差し出している。

スマートに会計が済まされ、呆然としていた私は再び手を引かれて店を出た。

繋《つな》がれた手の熱さも気にならないほど、今の私は混乱している。今日の本当の目的はなんなのか、はっきり説明してもらわずにはいられない。

「ちょっと社長、どういうことですか⁉」

車を停めてある駅前のパーキングに向かう最中、長い脚で歩く彼の隣に小走りで並び、たまらず問いかけた。

社長は表情を強張《こわば》らせる私を一瞥《いちべつ》し、驚くべき事実を淡々と明かす。

「倉橋さんには、これから私の接待に同行してもらうつもりです。直前まで内緒にしていて、本当に申し訳ない」

せ、接待に同行⁉

信じられないミッションに、開いた口が塞がらない。

まさかあのときの『付き合ってください』のひとことには〝接待に〟という補足が隠されていたの？

そうか……だからお見合いのときのような服装で来いと指定したし、髪の毛をまとめてくれたのね。会食の場にふさわしい身だしなみにするために。

謎だったいくつかのことは合点がいった。しかし、根本が納得できない。謝ったとはいえ、あまり悪くは思っていないように見える社長に、私は思わず声を荒らげてしまう。

「そんなっ……どうして私が⁉　社長には、ちゃんとした秘書の方がいらっしゃるじゃありませんか！」

彼に釣り合うスレンダーな美人で、完璧な仕事ぶりの秘書の女性がいる。それなのに私を連れていこうとする意味がわからない。

軽くパニック状態で歩調を速めていると、突然彼が立ち止まり、引っ張られる形になって私も足を止めた。

振り向けば、社長は真剣な表情でこちらを見据えている。ふざけているでもない力強い双眼に、ドキリとするほどだ。

大通りを行き交う人々が、私たちにチラチラと視線を向けて通り過ぎていく中、繋いだ手にぐっと力が込められ、彼の唇が動く。

「彼女ではなく、君でなければダメなんです。言ったでしょう、『私には君が必要だ』と」

私に言い聞かせるようにしっかりと紡がれた声を聞くと、不思議と混乱が落ち着いていく。

きっと、社長なりにちゃんとした意図があるはず。そして、私を必要としてくれていることは間違いないらしい。とにかく詳しい話を聞かなくちゃ。

徐々に湧き始めていた逃げだしたい気持ちを押し込めるように、彼の温かい手を握り返した。

車に乗り込むと、社長は運転しながらようやく詳しい事情を語り始めた。

「今日の接待の相手は、『パティスリー・カツラギ』のオーナーシェフ、葛城《かつらぎ》丈《じょう》さんです。ご存じですか？」

その名前を聞いて、私は目を丸くする。

パティスリー・カツラギといえば、全国区のテレビ番組でも紹介されるほど有名な洋菓子店だ。

パティシエの葛城さんは、国内外のさまざまなコンテストで受賞経験を持つ二十八歳。ジュエリーのように美しく、材料や製法にもこだわっている本格的なスイーツは、世の中の女子を虜《とりこ》にしてやまないと謳《うた》われている。

「お店はもちろん知っています！　何度かスイーツを食べたこともありますし。でも、葛城さんご本人の顔は……」

「知らなくて当然です。メディア嫌いらしく、ほとんど表に出てくることがないので」

そういえば、店はテレビで取り上げられても、本人は一度も見たことがない。それはメディア嫌いだったからなのか、と納得して頷いた。

「今回もやっとのことでアポを取りつけました。実は、彼と共同でチョコレートを開発したいと考えていて、今日はそのためのもてなしをするんですよ」

「そうなんですか……！」

葛城さんを接待すると聞いて、薄々勘づいてはいたが、やはりサンセリールはパティスリー・カツラギとのコラボを所望しているらしい。

これが実現できたら、かなりの話題を呼びそうだ。考えただけで私もワクワクしてしまう。

密かに心を躍らせていると、社長が気になる発言をする。

「そこで葛城さんのことをリサーチしていたら、興味深い情報を手に入れまして」

「興味深い情報？」

「彼は根っからの理系人間で、元素の周期表を眺めるのが好きだそうです」

若干〝理解しがたい〟と言いたげな口調になる社長に対し、私は思いっきり葛城さんに同意する。

「わかります！　元素って奥が深いですからね。私たち人間も、宇宙も、世の中のもののすべてがこの子たちでできているんだって思うと、すごくロマンを感じるというか……」

いきなり饒舌《じょうぜつ》になっていた自分にはっとして、そこまでで口をつぐんだ。

いけない。元素について語り始めるとか、私、またキモい人になっていたわ。これじゃ社長にまで引かれてしまう。

自分に落胆し、しおしおと頭を垂れた。

しかし隣から聞こえてくるのは、バカにしているわけではなさそうな、でも楽しげにクスクスと笑う声。

「そうだと思って、君を選んだんです」

意外にも、私のこんなマニアックな部分をすでに知っているかのようなひとことが返ってきた。

隣を見やれば、彼はしたり顔で口角を上げている。

「この間、君のメモ帳を拾ったとき、偶然開かれたページを見てしまって。そこに元素記号について詳しく書かれていたので、この子にしようと決めました」

「あっ！」

すぐに思い当たり、引き気味に叫んで口元を手で覆った。

そうだ……いつだったか、〝好きな元素ランキング〟なるものを雑誌で見て、面白かったから私も個人的にランク付けして、特徴を書き出していたんだ。だいぶイタいメモ書きを見られてしまっていただなんて、上下別の下着姿を見られるくらい、恥ずかしい……。

両手で顔を覆う私の耳に、冷静な声が入ってくる。

「倉橋さんなら、彼を十分にもてなすことができるでしょう。もちろん私もフォローしますから、難しく考えないで、食事と元素話を楽しんでくれるだけでいいのです」

「なるほど……私は、葛城さんのご機嫌取り要員ということですね……」

今日の魂胆をすべて理解し、うなだれると同時に深く頷いた。

そうよね。こういうことでもなければ、泉堂社長ともあろう人が私を休日に誘うだなんてことあるわけないよね。一パーセントでも期待した自分、冗談抜きで爆発してほしい。

でも、だったら最初から『接待についてきてくれ』と言ってくれればいいのに。

軽くヘコみつつ不満を抱く私に、社長は申し訳なさそうに、しかしはっきりと言う。

「すみません、気負わせて断られることを避けるために黙っていました。どうしても、君を逃したくなかった」

あぁ……確かに、正直に言われていたら、それはそれで怖じ気づいて断っていたかもしれない。

ここまで来てしまったらもはや引くことはできないし、そうなることが目的で彼は黙っていたということか。

今さら乗りかかった船から降りる気はない。私の代わりはいないのかと思うと、今日の件はとても光栄なことにも思えてくる。社長の力になりたいという気持ちも、かなり大きい。だから。

「……こんな私でもお役に立てるのなら、ぜひ同行させてください」

顔を上げ、背筋を伸ばしてそう言ったとき、ちょうど赤信号に差しかかり、社長がこちらを向いた。

目を見張る彼を見つめ、私は小さく微笑む。

「社長が私を必要だと言ってくれたこと、すごく嬉しかったですし、期待に応えたいと思いました。この眼鏡に見合うくらいの……いや、それ以上の働きをしてみせます」

気を取り直して宣言すれば、じわじわとやる気が湧いてくる。

葛城さんがビジネスパートナーになってくれるように、全力で元素話に花を咲かせようじゃありませんか！

ぐっと手を握ってひとり意気込んでいると、ふと運転席から向けられる視線に気づき、振り向いた。

気だるげに片手をハンドルにかけてこちらを見つめる、どこか熱っぽく感じる瞳に、捕らえられたように動けなくなった、その瞬間。

「……やばいな。今、無性にキスしたい」

――空耳かと疑う、セクシーな声が鼓膜を震わせた。

え、今……キス、っておっしゃいました？

「はっ⁉」

数秒の沈黙のあと、私は目が飛び出そうなほど驚愕して叫んだ。無意識に身体を引き、シートベルトを握りしめる。

ま、待って待って、聞き間違いじゃないよね？　だとしたらなんで私に、しかも今、このタイミングでキス⁉

目も頭の中もぐるぐると渦を巻いているような状態の私に、なんだかガラッと雰囲気が変わったような社長は、ふっと色気たっぷりの笑みを見せて言う。

「健気《けなげ》で、したたかで、度胸もある。そして俺が望んだ以上の答えをくれた。いい女だな、お前は」

……あの、いろいろツッコんでもいいでしょうか。

敬語じゃなくなっているし、〝俺〟に〝お前〟。紳士的で謙虚ないつもの泉堂社長とは明らかに違う。

平然と車を発進させる彼に、私は驚きや困惑が交ざったおかしな顔で、たどたどしく確認する。

「社長……なんか、キャラ変わってません、か？」

「あぁ、悪い。お前の意欲に感動して、つい素が出た」

彼の口角が意地悪っぽくクッと上がり、言葉をなくした。

これが社長の〝素〟ということは、いつもの姿は作られたものだったの⁉

唖然とする私に、豹変《ひょうへん》した社長は隠された真実を淡々と語る。

「外面をよくしてるほうが格段にやりやすいんだ。よくも悪くも思ったことをそのまま口にするタイプで、昔から敵が多くてね。今じゃすっかり、ビジネス上は紳士の皮を被る癖が身についた」

「へ、へぇ……」

「倉橋に対しては、逃げられないように、より気を使っていい男に見せようとしてたよ。お前みたいなやつはなかなか見つからなくて、どうしても欲しかったから」

どことなくワイルドさが滲《にじ》み始めている社長は、不敵な笑みを浮かべてみせた。私の名字からも〝さん〟が取れているし……。

『どうしても欲しかった』って、普通に言われたら、嬉しくて転げ回りたいところだけど、素直に喜べない。

だって、数々の甘い言葉はビジネスのためだったのだから。私にとってはハニートラップにかけられたようなものだ。

いつも品行方正な王子様のような彼が、少々強引に私を同行させようとしたことに違和感があったのも納得する。

「社長って、本性はなんというか……悪い男だったんですねぇ」

「素を知ってるやつからは、よく言われる」

遠慮せず思ったことを口にすると、社長はあっさりと認めた。どうやら自覚はあるらしい。

「でも、決して騙《だま》したわけじゃない。俺が言ったことは全部本心だから」

口の端を引きつらせていたところで、意外な言葉が聞こえてきて、私は真顔になる。

彼が言う通り、全部本心だとするなら……『今日の姿も素敵です』とか『いい女だな、お前は』というのも、本心?

半信半疑で社長にジロリと目を向けると、彼も私と視線を合わせ、普段よりも甘く危険な色香が漂う笑みを浮かべる。

「つまり。気に入ったよ、お前のこと」

——ドキン、と不覚にも胸を高鳴らせてしまった。

本当にこれが嘘じゃないのか、私には判断も分析もできない。しかし、彼の本音であったらいいな、と心の片隅で願っていることは確かだ。

それに、ビジネスシーンでは絶対に見せない姿を拝めている今が、なんだかとても尊く感じる。貴重な有機化合物を発見したような感動すら覚える。

つまり、私も魅せられてしまっていると言えるんじゃないだろうか。

プライベートでは豹変する、危ういこの男に。

本論

難攻不落な天才を落とすまでの過程

葛城さんとの会食が始まる予定時刻の午後六時まで、あと一時間ほどあるにもかかわらず、フレンチが好きらしい葛城さんのために選んだレストランに到着した。

ヨーロッパの格式ある高級な洋館のような、上品で趣がある外観に感嘆のため息を漏らし、だいぶ雰囲気が変わったように見える社長に問いかける。

「接待って、こんなに早く来て待っているものなんですか？」

「今日は特別だ。倉橋は、接待は初めてだろう？」

レストランのエントランスを歩きながら「はい」と頷くと、木製のドアの取っ手に手をかける社長が、私をチラリと見下ろしてこう言った。

「お前が恥をかかないように、特別講習を受けてもらおうと思ってね」

「特別講習？」

恥をかかないために学ぶことって……マナー？と思い当たった直後、開かれたドアの向こうにいる人物を見て目を見開いた。

ホテルと見紛うようなロビーのソファに座っていたのは、緩く巻いた長い髪をサイドでひとつに結んだ、モデル並みにスタイルがよく綺麗な女性。噂によると二十九歳らしい、社長秘書の綾瀬《あやせ》さんだ。

タイトスカートから伸びる、すらりとした脚でこちらに向かってくる彼女は、凛とした雰囲気を漂わせる笑みを見せ、一礼する。

「お待ちしておりました、社長。と、倉橋さん」

「お疲れ様です……！」

聡明そうな二重の瞳、紅いグロスがよく似合う唇。その美の迫力に圧倒されつつ、私は挨拶を返した。

どうして綾瀬さんがここにいるのだろう。今日は彼女の代わりということだったはずなのに。

それにしても、遠目でしか見たことがなかった彼女は、間近で見ても本当に美人だ。花のようないい香りもまとっていて、うっとりしてしまいそうになる。男性なら誰もがほだされてしまうんじゃないだろうか。

私自身も見とれていると、社長が紹介してくれる。

「彼女は私の秘書を務める綾瀬です。テーブルマナーや接待時の最低限のマナーを、彼女から教わってください」

穏やかに微笑む彼は、いつの間にか普段の王子様に変わっていた。いったいどこにスイッチがついているのだろうか……。

それはさておき、やはり綾瀬さんからマナーを教えてもらうらしい。確かに、結婚式以外でこんなお高いフレンチレストランで食事をしたことはないし、葛城さんにもどういう対応をすればいいのかわからないから、聞いておきたいことばかりだ。

ありがたい気持ちでいっぱいになる私に、綾瀬さんは優しく微笑んで言う。

「突然のお話で驚かれましたよね。でも大丈夫ですよ、私がきちんと教えて差し上げますから」

「ありがとうございます！　よろしくお願いします」

その言葉が心強く、私は表情を明るくして頭を下げた。

綾瀬さんって、すごくいい人なんだな……。〝才色兼備な社長秘書〟というイメージが強くて気後れしてしまい、なんとなく近寄りがたく思っていたから、一気に安心した。

挨拶が済んだところで、さっそく予約してある個室へと案内してもらう。シックなバーカウンターの前を通り、式場のように厳かな雰囲気が漂うメインダイニングを横目に廊下を歩いていくと、奥まったところに個室があった。

入って最初に目に飛び込んできたのは、開放感がある大きな窓から見える庭園。幻想的にライトアップされていて、遠くにランドマークタワーも見える。

デザイン性が高い照明に、柔らかな明かりで照らされた白いテーブルクロスがかけられた円卓が映えており、高級感と落ち着きを兼ね備えた空間になっている。

しかし感嘆の声を漏らすのは私だけで、上座の位置を確認した社長は「料理や会計の確認をしてきます」と言って、早々と部屋を出ていった。

残された私は、同じく社長を見送る綾瀬さんに、距離を縮めるためにも話しかけてみる。

「お恥ずかしい話なんですが、私、マナーとか全然わからなくて……。教えてもらえるとすごく助かります。ありがとうございます」

にこやかにそう言って頭を下げたのもつかの間、出入口のほうを向いたままこちらを見ない彼女から、思いも寄らないひとことが聞こえてきた。

「どうして私が、こんなことしなきゃいけないのよ……」

「え」

ボソッと呟かれた低い声は、綾瀬さんのものとは思えず、私は目をぱちくりさせる。

次の瞬間、バッと勢いよく振り向いた彼女が般若《はんにゃ》のようなお顔をしていたものだから、ものすごくギョッとした。

「社長の頼みじゃなきゃ、やってられないわ。休日に、ただあなたにマナーを教えるためだけに出てくるなんて！」

まさかの変貌ぶりに、なんのリアクションも返せない。

さっきの穏やかで優しい姿は上辺だけで、これが綾瀬さんの本性……⁉　社長といい秘書といい、二面性がありすぎる！

唖然としている私の前で、両手をぐっと握りしめた彼女は、わなわなと怒りを露わにする。

「本来なら私が同席するはずだった。気難しいパティシエだろうがなんだろうが、手玉に取ってみせる自信はある。なのに！　どうしてただの研究員のあなたに～！」

「それは、私に言われましても……」

苦笑を浮かべ、小さく反論してしまった。

私だって、できれば綾瀬さんにお願いしたいところだ。さすがというべきか、自信もたっぷり持っているようだし。

一度大きくため息を吐き出して気を落ち着けたらしい彼女は、美しい顔をムスッとさせて私を見据える。

「ものすっごく不本意ですが、社長に頭を下げられては仕方ありませんから、お教えします。間違っても私の顔に泥を塗るようなマネだけはしないでください」

「っ、ど、努力します」

めちゃくちゃプレッシャーをかけられ、怯《おび》えながらもそう答えるしかなかった。

私が粗相をしてしまったら、教えた綾瀬さんのせいに思われかねないもの。これ以上怒らせたら、冗談じゃなく病院送りにされるかもしれない……。


葛城さんへの印象をよくするためというより、美人腹黒秘書の報復をなんとしても避けるために、それから必死に指導を受けた。

出迎えるときから始まり、会食の最中、それが終わって手土産《てみやげ》を渡すに至るまでの注意点を聞き、テーブルマナーも教えてもらう。細かいことまで指導してもらえて、本当に勉強になるのだけど……彼女はとにかくスパルタだ。

「これ、なにに使うかわかりますか？」

綾瀬さんは、すでにテーブルにセッティングされているカトラリーの中の、なんとも形容しがたい不思議な形をしたスプーンを指差して質問した。

私は見たことがないそれをまじまじと観察し、思ったことを口にする。

「変わったスプーンですね。でも、スプーンっていったらスープくらいしか……」

「ふっ、ド庶民が」

　怖っ！

　鼻で笑われ、さらに気品ある美女に似つかわしくない毒舌が飛び出し、青ざめる私は口の端を引きつらせた。

　綾瀬さんって、いろいろな意味ですごい人だ。社長は彼女のこんな姿を知っているのだろうか。

　先ほどとはまた違う迫力に圧倒されまくる私に、彼女は秘書の顔に戻ってきちんと説明してくれる。

「これはフィッシュスプーンといって、魚の身をソースと一緒に食べるためのものです。フォークを左手に持って身を押さえて、このスプーンで切っていくんです」

「あぁ、なるほど！」

　そうやって使うのか、と納得して何度も頷く。新たな知識をいつものメモ帳に書き込む私を見て、綾瀬さんは腕を組み、眉をひそめて小さくため息をつく。

「本当に大丈夫かしら……。まぁ、フレンチならお酌する必要はないから、まだいいわね」

確かに、お酌をするタイミングは難しいし、私もお酒を勧められたらうまく断れないかもしれない。徳利《とっくり》を持つと試験管みたいに振りたくなってしまうし。

そういえば葛城さんは、お酒は強いのだろうか。そもそも、さっき車の中で社長から聞いたのは経歴くらいで、彼がどんな人物なのかはほとんどわからない。ただ、なんとなく話を聞いて、とっつきにくい人なのかな、という想像はつく。

「あの、葛城さんって、だいぶ気難しい方なんでしょうか」

ある程度マナーを教えてもらってから、綾瀬さんに遠慮がちに話を振ってみる。意外にも彼女は嫌な顔をせずに口を開いてくれた。

「どこの企業も、彼との取引を成功させたことはありません。自分のレシピを提供したり、他社と協力したりすることが嫌いらしいわ。プライドが高いんでしょうね」

「そうなんですね……」

やはり、彼との交渉は容易ではなさそうだ。

今日の会食では直接的なビジネスの話はしないとしても、その思惑が隠されているのは葛城さんも重々承知しているはず。張りつめた空気になったらどうしよう。

言いようのない不安に駆られ始める私に、綾瀬さんは憐《あわ》れみにも似た歪《ゆが》んだ笑みを作ってこんな言葉を放つ。

「そんな唯我独尊の天才パティシエとの交渉に、あなたが貢献できるとは到底思えませんが」

うっ、ちょっとひどすぎやしませんか……。でも、ここまではっきり言われると逆に清々《すがすが》しい。

もはやあっぱれだと感心すらしていると、打ち合わせを終えた社長が戻ってきた。

「マナー講習は終わりましたか？」

和やかに問いかけてくる彼に、綾瀬さんはコロッといつものエレガントな雰囲気に変わり、笑顔で答える。

「完璧です。優秀な倉橋さんは覚えも早いですから。ね？」

こちらにくるりと顔を向け、可愛らしく小首をかしげる彼女は、目が笑っていない。

私は苦笑を浮かべ、「は、はい」と同意するしかなかった。

この人、絶対女優になれるわ……と思いながら、用を終えてバッグを持つ綾瀬さんを眺める。

社長は申し訳なさそうな表情で、部屋を出ていこうとする彼女をそばで見送る。

「君も休みなのに、わざわざ出てきてもらって本当にすみませんでした。ありがとう」

「いえ。社長の頼みなら、どんなことでもお引き受けいたします。でも、今度埋め合わせをしてくださいね」

「そのつもりです」

社長をとろけるような上目遣いで見上げ、とても嬉しそうに笑う彼女を見ていて、ピンときた。

ただの秘書にしては、社長への態度の糖度が高い気がする。もしかして、綾瀬さんは社長のことが好きなのかな……？

そう仮定すると、私にあんなにキツく当たっていたことも納得できる。ずっと社長についているのに、急にその立場を私なんかに横取りされたら、決してよくは思わないだろう。

なんだか悪いことをしてしまった気分になってきた。せめて彼女も同席したほうが、私が失敗するリスクも減っていたようにも思う。

後ろめたさや不安が入り交じり、完全にふたりきりになってから社長に聞いてみる。

「今さらですけど、綾瀬さんも同席しなくてよかったんですか？」

「あぁ。お前がいれば、他の女はいらない」

当然のごとくあっさりと返され、しかも彼に独占されているようなセリフに、一瞬息が止まった。

今の言葉、甘い意味で好きな人から言われてみたいわ。でも、干からびかけた私の乙女心には、今のでも十分潤いが補充された気がした。

申し訳ないけれど、綾瀬さんのことは一旦頭の隅にサッと追いやり、腕時計に目線を落とす社長に意識を集中させる。

「そろそろ時間だな。店の外で待っていよう」

「はい」

いよいよ接待が始まるのか、と気を引きしめて返事をした。

ただの研究員である私にこんな日が訪れるとは。慣れてなさすぎて緊張してしまう。

カチコチな身体で、表に向かう社長のあとについていこうとすると、個室を出たところで彼は急に足を止めた。ぶつかりそうになり、驚いて見上げた瞬間……。

「表情が硬いぞ」

「うぃっ」

ぶに、と頬をつままれ、間抜けな声が漏れた。

おかしな顔になっているに違いない私を見下ろし、紳士の皮を剥いだ社長は不敵に口角を上げてみせる。

「誰がお前の隣についてると思ってる。失敗したって俺がどうとでもしてやれるから、心配するな」

自信に満ちた頼もしい言葉に、ドキンと胸が鳴った。

……すごい。彼のたったひとことで、張りつめていたものがゆっくりと緩んでいく。

「難攻不落の相手に挑むには、正攻法が通用しないこともある。だから、あえて倉橋を選んだんだ。お前なら、いい変化球を投げてくれそうだから」

頬から手を離してそう言った社長は、意味深な笑みを浮かべて再び歩きだす。

彼の思惑がわかったようで、やっぱりいまいちわからない。私はほんのりと火照った頬に無意識に手を当て、眉根を寄せる。

「今の、具体的に説明してほしいんですが」

「はぁ……これだから頭の硬いリケジョは」

脱力して呟くリバーシブル社長を、ムッとして睨み据えた。しかし彼は、私の鋭い視線なんてものともしない。

「とにかく、葛城さんとどんな話をどのタイミングでするかは、お前に任せる。俺たちで彼の壁を壊してやろう」

難しいミッションだというのに、どこか楽しそうだ。その横顔も勇敢で、こちらまで勇気が湧いてくる。

彼が執る指揮に自然とついていきたくなり、「はい！」としっかり返事をした。

店の外でそわそわして待つこと数分。やってきたタクシーからひとりの男性が姿を現した。

スイートチョコレートのような色のふわふわしたマッシュヘアに、スーツ姿。身長は百七十センチもないくらい小柄で、中性的な顔立ち。大人の魅力に満ちた社長とは違うタイプではあるが、間違いなく美青年だ。

その人物こそ葛城　丈さんだと、すぐにわかった。醸し出す雰囲気が、普通の人とどこか違うから。

片手をポケットに入れ、微妙に気だるげな様子でこちらにやってきた彼に、社長が笑顔で一礼し、私もそれに倣う。

「葛城さん、お忙しい中貴重なお時間を割いていただき、ありがとうございます」

「いえ」

無愛想に短く答えた葛城さんは、くしゃくしゃと頭を掻く。

なんというか、アンニュイだな……。でも、この人があの天才パティシエなんだ。ちょっと感激する。

内心で浮き立つのを抑え、ひとまず先ほどの個室へ向かった。葛城さんは外の景色が一番よく見える席に着くなり、私に目を向けて口を開く。

「秘書さんはなんだか、こういう場に慣れていないようですね。新人さんですか？」

急に話を振られてドキリとする。口元は微笑んでいるにもかかわらず、目はわずかに蔑みが交じっているように見えるし……なぜ。

身体を強張らせるも、とりあえず自己紹介をしようとすると、先に社長がフォローしてくれる。

「彼女は秘書ではなく、有能な研究員なんです」

〝有能〟という補足に恐れ多くなりつつ、背筋を伸ばして軽く頭を下げる。

「商品開発研究課の倉橋と申します」

「へぇ……まさか研究員さんを連れてこられるとは」

意外そうに目を丸くした葛城さんは、次いでどことなく冷たく感じる綺麗な笑みを浮かべる。

「よかったです。僕は、お飾りの秘書をはべらかしているような人があまり好きではないので」

ほんの一瞬、空気が張りつめたような気がした。

葛城さんも誰かさんと同じく、思ったことをそのまま口にするタイプらしい。違うのは、礼儀をわきまえる場にもかかわらず言ってしまうところか。というか、秘書をはべらかすような人になにか恨みでもあるんですか……。

絡みづらそうな葛城さんにも社長は常に動揺せず、話題を振って会話を繋げる。ワインで乾杯し、コース料理も運ばれてきて、私は綾瀬さんから教えてもらったことを思い返し、緊張しながらも食事を楽しんでいた。

「この料理、美味しいですね」などと、当たり障りのない話をしていたそのとき、カチャリと皿にナイフとフォークを置いた音が響く。葛城さんに注目すると、手を休めた彼は突然こんなことを言いだす。

「僕が今日あなた方のお誘いを受けたのは、ここのフレンチを食べてみたかったのと、ビジネスのお話を断るためです」

毅然《きぜん》と放たれ、今度こそ完全にピシッと空気が凍りついた。

すごいド直球……。今日は直接的な話はしないと思っていたのに、さすがというか、なんというか。

「期待をさせてしまっていたら、申し訳ありません」

謝ってはいるものの、表情は平然としている葛城さんは、グラスを持ち上げてワインに口をつける。

きっぱり断られてしまった……不安的中だ。どうするのだろうか、この状況を。

チラリと社長を見やると、彼は少々思案するように一瞬瞼を伏せたあと、動揺は露わにせず笑みを作る。

「構いませんよ。私たちも、今日の目的は葛城さんと楽しく食事をすることですから」

当然ながら大人の対応だ。でも、きっと心の中は穏やかじゃないだろう。

カチャカチャと、無機質な音だけが響く。普通ならたいしたことはない数秒の沈黙も、やけに息苦しい。

この淀《よど》んだ空気をなんとかしたくて、私は頭の中の引き出しを開けまくり、あるひとつの話題を見つけた。

「あの」

思いきって声を発すると、ふたりの整ったお顔がこちらを向く。そのイケメンエネルギーに圧倒されそうになるも、笑顔で話しだす。

「私、勉強のために以前〝グラース〟をいただいて、とても感動したんです。あの濃厚な香りと、食べ終わったあとも長続きするカカオの風味は、一度食べたら忘れられません」

グラースというのは、パティスリー・カツラギの商品であるチョコレート。華やかなケーキやタルトが有名なため、存在が少々隠れてしまっているような気もするが、本当に素晴らしいショコラなのだ。

ご機嫌取りだと思っているらしく、葛城さんは料理に目を落としたまま、「それはどうも」と棒読みする。

それでも、まだ引かないわよ。

「あのショコラのカカオは、ベネズエラ産のクリオロ種ですよね？　そして、ナッツはおそらく信濃《しなの》クルミでしょう。どちらも最高品種と言われていますが、そのよさを最大限に引き出した逸品だと思います！」

自分なりに分析した結果を一気に話した途端、食事をしている葛城さんの手が止まり、驚きに満ちた瞳をやっと私に向けてくれた。

「よくわかりましたね。グラースの原材料は公表していないのに」

「いいものは、つい吟味してしまう癖がありまして」

今私が言ったことは、すべてご機嫌取りではなく本心だ。なんとか葛城さんの懐に入り込みたいと思い、さらに気の利いた言葉を探していると、黙っていた社長が口を開く。

「彼女の分析力や知識は秀逸なんですよ。採用試験の面接でも、自社製品の特徴について呆れるほど語っていたくらいですから」

おかしそうな笑みを浮かべてグラスに口をつける社長を、私はまじまじと見つめてしまう。

私が入社試験を受けたのは、もう五年も前のこと。それを、この人は覚えているというの？

信じられない気持ちで当時のおぼろげな記憶を蘇らせるも、社長が話を軌道修正することで、再び意識を現実に戻す。

「実は、わが社でもクリオロ種を使ったチョコレートを作っているのです」

「そうなんですか？　他社には興味がなくて全然知りませんでした」

葛城さんは純粋に食いついてくれているようだけれど、本当に正直だ……。

当然嫌な顔はしない社長は、眉を下げて苦笑し、こんなことを打ち明ける。

「こだわって作っているのですが、いまだに国際コンクールでは受賞を逃してしまっていて」

そんなことを言ってしまっていいのだろうか。サンセリールがその程度だと思われたら、さらに取引をしたくなくなってしまうのでは……。

ひとりハラハラして成り行きを見守っていると、葛城さんは案の定、眉をひそめる。

「クリオロを使って受賞できないなんて……あなた方、どんなものを作っているんですか。一度食べてみたいものですね」

「ええ、ぜひご指導していただきたいですよ。改良を進めているので、ひとことでも感想をお聞きできたら嬉しいです」

社長の言葉で、葛城さんの表情から嫌味な色が消え、いたずらっぽい笑みへと変化する。

「じゃあ今度、本社に乗り込んでいってもいいですか？」

「もちろんです。よろしければ工場もご案内いたしますよ」

「あぁ、工場見学、いいですね。久々にしたいな」

……あ、あら？　あっという間に葛城さんが乗り気になってきた。さっき険悪になりかけた空気が一転して、話が弾み始めている。

そういえば、交渉不可の事柄がある場合、交渉できる事柄で取り囲むと話が進めやすい、というのを心理学で習ったっけ。

おそらく社長は、サンセリールについて知ってもらうという、交渉可能な小さな要求をさりげなく出したのだ。コラボの件を進めるためにまず必要なのは、こうして葛城さんを私たち側に引き込むことなのかもしれない。

それに、きっと葛城さんのようなプライド高めの人には、あえて下手に出たほうがスムーズにいくのだろう。こうやって日々交渉しているのか……勉強になる。

社長の自然で巧みな交渉術を目《ま》の当たりにして、感心しまくる私の心も、軽やかに弾んでいた。


それから数十分後、お酒も進んですっかり上機嫌になった葛城さんと、ほろ酔いの私は例の元素話で盛り上がっていた。

「じゃあ倉橋さん、金属水素も知ってる?」

「もちろんです! 〝高圧物理学の聖杯〟っていう呼び名、めちゃくちゃカッコいいですよね」

「そうなんだよ! いまだに科学的に解明されてないってのもロマンを感じるしなー」

腕を組んでうっとりした表情を見せる葛城さんと、共感しすぎて頷きまくる私。

こんなに話が合う人は久しぶりだ。学生時代に戻ったようで楽しい。『満足させてあげます』という社長の言葉は、嘘ではなかったわ。

盛り上がる私たちの間で、社長は穏やかな表情で静かに相づちを打っている。内心は〝なんの話をしてるんだ、こいつら〟と、絶対呆れているに違いない。

キリよく話が途切れたところで、社長は「そろそろいいお時間になりましたね」と、さりげなく会を終わりへと導く。葛城さんは腕時計に目線を落とし、意外そうに目を丸くした。

「もう八時か。接待でこんなに楽しい時間を過ごせるとは思いませんでした」

正直な彼だから、これも本心のはず。ひとまずおもてなしは成功したようで、チラリと目配せした私と社長は、自然と口元が緩んでいた。


ほくほくした気分で、お見送りをするために揃ってレストランの外に出る。手土産を持った葛城さんは、タクシーに乗る前、私たちに向き直ってこう言った。

「あなた方はとても面白いですね。有能な研究員さんもいるようですし。これからも有意義な時間を過ごさせてください」

初めて見せてくれた柔らかな笑みと、今後もお付き合いをしてくれることをにおわせる言葉をもらえて、さらに喜びが広がる。

飛び跳ねたい衝動を堪《こら》え、「こちらこそ、よろしくお願いいたします」と、社長と一緒に心を込めて頭を下げた。

しかし、葛城さんはすぐタクシーに乗り込むだろうと思ったのに、なぜか私を見つめたまま動かない。

「倉橋さん、このあとの予定は？」

「え？」

突然そう聞かれて、間抜けな声がこぼれた。

ぽかんとしていると、彼は無造作に流れる前髪の下の瞳を細め、妖艶《ようえん》さを感じる笑みを浮かべる。

「もっと語り合いませんか。ふたりで」

予想外のお誘いに、私の目が点になる。

語り合うって、元素のことで？　それなら大歓迎だけど、社長抜きでいいものか。でも、社長は百パーセント興味ないだろうし、葛城さんの申し出を断るのも失礼な気がする。

とりあえず了承しておいたほうがいいか……と思ったとき、社長の声が私たちの間に入り込んできた。

「申し訳ありませんが、わが社では二次会が禁止されておりますので」

それは柔らかな口調ではあるが毅然としていて、一瞬真顔になった葛城さんも「それは残念。では、またの機会に」と、あっさり諦めた。

そんな規則あったかな、と思っているうちに、葛城さんは今度こそタクシーに乗り込む。車内からこちらに向かって小さく手を振る姿が可愛らしい彼に、私は笑顔で頭を下げ、走り去っていくのを見送った。

気難しいことは確かでも、愛嬌がある部分を見つけたせいか、憎めない人だった。話も合うし、とにかく美形だし。

涼しい夜風と余韻を感じながら、遠ざかるテールランプを眺めて言う。

「二次会禁止っていう規則、ありましたっけ？　化学についてもっと語り合いたかった……」

「お前は男のことをわかってないな。分析が好きなくせして」

素に戻った社長のため息交じりの声が降ってきて、そちらへと目線を移す。見上げれば、彼は呆れたような顔で腕を組んでいる。

「あんなの口実に決まってる。語り合うのが身体で、っていうんなら間違ってないだろうが」

「……えぇっ‼」

数秒、社長の言葉の意味を考え、理解した私はギョッとして叫んだ。

〝身体で語り合う〟ということは、つまり、性の交渉ということですか⁉　社長が断ってくれなければ、私は葛城さんにお持ち帰りされていたかもしれないの⁉

あんなに私たちみたいな取引狙いの相手を毛嫌いしていそうだったのに、そんなまさか、嘘でしょう……。

ショックから両手で頭を抱える私はさておき、社長は「まぁ、ともかく」と話をまとめる。

「倉橋がそれだけ彼の気持ちを動かしたってことだ。グラースについては、お前ほど細かいリサーチができていなかったから助かった。本当にありがとう」

タクシーが見えなくなり、社長は私に向かって軽く頭を下げた。その姿を見て、ものすごく恐縮すると同時に、じわじわと胸が熱くなる。

私は偶然きっかけを作ることができただけ。でも、葛城さんとの関係を未来へと繋げられたことは事実だ。

「私たち、味方にできたんですね……あの難攻不落の天才パティシエを！」

難解な課題を解くことができたような達成感が込み上げ、両手を口元に当てて、喜びの声を上げた。

とりあえず、グラース食べておいてよかった！

葛城さんがいなくなったことでだいぶ気が楽になり、心の中でひとりお祭り状態になっていた、そのとき。

「ひゃっ」

腕を引っ張られ、急に酔いが回ったかのように身体がふらついた。気がつけば、ほのかに社長の香りがするスーツに顔がくっついていて、眼鏡がズレている。

……いや、顔だけじゃなくて、全身すっぽりと彼の腕の中に包まれている！

えぇっ、ちょっと、なんで抱きしめられているの⁉　ここ、店の前だし、道行く人が見ていますよ！

あまりの衝撃で、ただ口をぱくぱくさせるだけの私に、甘くとろけるチョコレートのような声が耳から流れ込んでくる。

「やっぱり最高だよ、お前。猫だったら全身撫で回してやってる」

「なっ、な、舐《な》め回す⁉」

もはやパニックで裏返りまくった声で叫ぶと、彼は私を抱きしめたまま、ぶっと吹き出した。

「アホ。〝撫で回す〟って言ったんだ。まぁ、舐め回してやってもいいんだが」

いたずらっぽく囁かれ、ぶわっと顔に熱が集まる。

猫と化した私に彼がいやらしく舌を這《は》わす、いかがわしい妄想が浮かんでしまい、卒倒しそうになった。

抵抗する力も、言葉すらも出せずに悶える私。しかし、頭の隅っこで冷静に分析する自分もかろうじて残っていた。

彼のこの行動はおそらく、葛城さんを落とせたことによる感情の高ぶりの表れ。ただそれだけのことなのだろう。どこまでも包み隠さない人だ。

振り回されるこっちの身にもなってもらいたい。……でも、私を抱きしめる腕は力強く、劇薬かと思うほどドキドキさせられて、不思議と心地いい。

いつまでもこうしていてほしいと、一瞬でも願ってしまった自分が、恥ずかしくて仕方なかった。

恋人作成方法その二・ふたりでディナー

突然の接待から数日後、私は研究室でいつものように黙々と作業をしていた。

今行っているのは、チョコレートの口当たりや風味を最もいい状態にするために大事な、テンパリングという温度操作。乳脂肪の配合やカカオの産地によっても、適したテンパリングの温度は違ってくる。そのため新たな商品を生み出す際には、毎回この温度をコントロールしなければならない。

しかし、小型のテンパリングマシンの温度を調節する私は、頭では別のことを考えていた。

「一番チョコに合いそうなのは、多幸感が増すセロトニンの分泌を助けてくれる、いちじくよね。エンドルフィンの分泌を促進させるカプサイシンも気になるけど、唐辛子じゃ、さすがに合わせるのは難しそうだし……」

いまだに材料の段階から進めていない媚薬チョコレートのことで、ぶつぶつと呟いていると、隣でサンプルを入れるための型を用意していた咲子ちゃんが真面目な顔で言う。

「綺代さん、媚薬チョコレートに熱心になるのもいいですけど、他のことも考えたほうがよくないですか？」

「他のこと？」

マシンから咲子ちゃんに目線を移すと、ワクワクした様子の彼女はぴたっと私にくっつき、耳元で囁く。

「社長とのデートですよ！　今度は正真正銘、ふたりで食事に行くんでしょう？」

私の脳は一瞬であの夜の場面に切り替わり、ドキリと心臓が動いた。

＊　＊　＊

社長に歓喜のハグをお見舞いされたあと、私たちも帰るべくタクシーに乗り込んだ。彼の車は、信頼している運転手さんに代行を頼んだらしい。

心身共にふわふわした状態で、夜空にそびえるホテル群の綺麗な明かりを車窓から眺めていると、私の耳にこんな言葉が飛び込んできた。

「今日の礼と褒美《ほうび》として、改めて食事をしに連れていってやる。今度はちゃんと、ふたりで」

驚いて隣を見やれば、窓枠に肘をついて彼が優しく微笑んでいる。ようやくリラックスしつつあった心が、再び緊張し始める。

今度こそ、本当にふたりの時間を過ごせるの？

「今日の目的が接待だってわかったときのお前、結構悲しそうにしてたように見えたから」

そう言われて、いささかギクリとした。

確かに、甘いお誘いではなかったことに多少ショックは受けた。でも、最初から怪しいと勘繰っていたし、悲しい顔なんてしていなかった……と思いたい。

「……きっと気のせいですよ」

無愛想に返しても、まったく意に介していない社長は意地悪な笑みを浮かべる。

「そんなに俺とデートしたかったとはね。悪かったよ」

「気のせいですって！」

恥ずかしくてムキになってしまうのは、きっと彼の言うことが全部間違っているわけではないから。

デートであれ接待であれ、社長とふたりで出かけられることを楽しみにしていた気持ちは本物だった。恋愛感情とかじゃなく、好奇心からくるものだったけれど。だから今も、また誘ってもらえて嬉しいことは事実だ。

ほんのりと火照る頬を見られないよう、窓のほうにそっぽを向いても、蜂蜜みたいな声が私に絡みついてくる。

「今日の分もたっぷり構ってやるから。甘やかされるつもりで、気楽に来いよ」

声と同じくらい糖度高めな微笑みを向けているであろうことは明白で、あっさりとほだされそうになってしまったのは言うまでもない。

＊　＊　＊

こんな調子で、来週の金曜日の夜に食事をすることになったものの、そのことはあえて考えないようにしていた。今度はれっきとしたデートだと、すでにはっきりしているし、社長に甘やかしてもらうだなんて考えたら気楽でいられるわけがない。

咲子ちゃんたちには、葛城さんの件は一応明かしておらず、接待に同行させられたということと、そのお礼でまた社長と食事に行くことだけ話してある。だから彼女は、こうして興味津々でお節介を焼いてくれるのだ。

「どんな服を着ていくかとか、もう決まってます？　勝負服とか持ってますか？」

「いや、全然……」

女らしい服はあまり持っていないし、それ以前にデートの経験がないのだから、こういうときはどういうファッションをしたらいいのか、確かに悩みどころだ。

こんな浮ついた話をするのは気恥ずかしく、もじもじして答えると、私たちの向かいでメモを取っている氷室くんが無表情で加わってくる。

「社長の好みに合わせればいいんじゃないですか。なんなら僕がリサーチしてあげますが」

「遠慮しとく……」

気遣いはありがたいが、氷室くんのことだから『倉橋さんにどのような服装をしてもらいたいですか?』と、ド直球で聞いてしまいそう。かといって、あまりにも社長と釣り合わないファッションをするわけにもいかないしな……。

マシンの中でとろけたチョコレートを見下ろし、腕を組んで唸っていると、見兼ねた咲子ちゃんが口を開く。

「社長の好みも大事ですけど、やっぱり綺代さんに似合ってなくちゃ意味ないと思うんです。だから、一緒に服を選びに行きましょう!」

にこにことアドバイスしてくれるマシュマロ女子の彼女は、やっぱり可愛くてほっこりする。

同じリケジョでも女子力が高く、愛くるしい見た目と性格で私より断然モテる咲子ちゃんなら、きっと素敵なコーディネートをしてくれるはず。

私も表情を緩め、「そうね。お願いします」と、うやうやしく頭を下げた。


その週の土曜日。約束通り咲子ちゃんとみなとみらいの街をぶらぶらし、あれでもないこれでもないと服選びに奔走した。

最終的に決めたのは、シフォン素材のノースリーブのミモレ丈ワンピース。その上に、袖を通さずカーディガンを肩にかけるスタイルがいいみたい。なんでも、ほどよい露出感が色っぽくて女らしいのだとか。

咲子ちゃんがいろいろなサイトで検証した結果だというから、一般的に男性受けするスタイルだと言っていいのだろう。それに合うヒールのあるサンダルも買い、家に着いた頃にはクタクタになっていた。

なぜこんなに一生懸命になっているんだろう。本命とのデートというわけでもなく、ただ食事をごちそうしてもらうだけなのに。

……と、途中でふと考え込んでしまった私に、咲子ちゃんはこう力説した。

『社長との仲が、ぐーんと進展する運命の日になるかもしれないんですから、気合い入れていかないと！』と。

いつだったか、紫乃ねえからも似たようなことを言われたっけ。

今まで私があまりに男っ気がなかったから、皆ここぞとばかりに押してくるのだろう。私と社長がどうこうなるだなんてこと、幽霊と付き合うくらいあり得ないというのに。

とはいえ、来週末のことを考えると、どうしてもドキドキしてしまうのは否めない。

「ただいまー」と声をかけて部屋に上がり、ひとまずリビングのソファに身体を沈めた。母はすでにスナックに出勤したらしく、家にいるのは夕飯を準備している紫乃ねえだけ。

ラフな部屋着姿でこちらにやってきた彼女は、缶ビールのプルタブを開け、私の隣に置いたショップの紙袋の中を覗き込んで目を丸くする。

「なによ、珍しく買い物してきたの？　もしかして男できた？」

「できてません。ただ……食事会に呼ばれてるだけ」

社長のことを言ったら、からかわれることは目に見えている。だからそっけなくぼかして答えたのに、紫乃ねえは猜疑心たっぷりの瞳で私を見てくる。

「食事会ってー？　同窓会じゃなさそうだし、負けがわかってる合コンとかは行かないだろうし」

「失礼だな」

最初から負け犬にされると腹立たしい。たぶんその通りだから余計に。

ムスッとしてそっぽを向くと、彼女はピンとなにかをひらめいたらしく、人差し指を立てる。

「あ、わかった。あの若社長とデートだ」

ピンポイントで当てられ、私は一瞬ぽかんとしたあと、彼女をバッと振り仰ぐ。

「なっ、なんで……っ」

「嘘、当たり？　マジか～。やるじゃない、綺代！」

テンション高く私の腿《もも》をバシバシと叩いてくる紫乃ねえ……もしやカマをかけたか。

あっさり引っかかってしまった自分が恨めしく、うなだれる私に、さっさと夕飯の支度を終えた彼女は案の定、根掘り葉掘り聞いてくる。

結局、洗いざらい吐かされ、紫乃ねえはまるで私の話をおかずにするかのように、耳を傾けて終始楽しそうにご飯を食べていた。

食事を終えると、彼女は「綺代にもやっと見せるときが来たか」と言っておもむろに席を立つ。首をかしげて彼女を目で追うと、リビングのテーブルに置いてあったスマホを手に取り、今度はそこのソファに腰かけて手招きされた。

なにを見せようとしているのか、ハテナマークを頭に浮かべて彼女の隣に移動した次の瞬間、目を疑う映像が飛び込んでくる。

『あっ、あぁっ、ダメぇ……！』

服を乱し、なんとも色っぽい声を上げる女性の姿にギョッとして、私は猫さながらに全身の毛を逆立たせた。

「はっ⁉ ちょっ、なにこれ‼」

「女性向けのAV。もっさいおじさんじゃなくてイケメンの男優が出てるんだから、いい時代になったわよねぇ」

ニュースでも観ているのかというくらい、涼しい顔で淡々と言う紫乃ねえ。三十路《みそじ》目前にして、やっと今の彼氏に落ち着いているものの、これまでたくさんの恋をしてきた人だから、こういうのも見慣れているのだろう。

だけど、ちょっとエッチな漫画が限界の私には刺激が強すぎる！

「ななななんで、なんでこんなの見せるわけ⁉」

「あんた、研究好きじゃない。こっちも勉強しといたほうがいいわよ。来週、社長さんとこんなふうになったらどうすんの」

「ならないから！」

幽霊と付き合うどころじゃない。明日地球がブラックホールに吸い込まれるくらいあり得ないわ！

両手で目隠しをして悶える私に、紫乃ねえは呆れ交じりの声で自論を説く。

「男と女ってのはね、なにがあるかわかんないの。綺代みたいに理性的に相手を分析して、正当な段階を踏んで恋愛してる人ばっかじゃないのよ。雰囲気に流されて、そっから恋愛に発展することもあるわけ」

「だからって、これを見て研究するのは、なんか違う気が……」

拒否反応を起こしつつも、さっきから響いている女性の声が気になって仕方なく、指の隙間からチラリと見てみる。

どうやら車内でいかがわしいことをしているようで、男性に絡みつく女性はとってもセクシーな表情で頬を紅潮させている。

そ、そんなに気持ちいいものなんですかね……。

こういうことに興味がないわけではないから、正直体験してみたい気はする。ただし、やっぱりそれはお互いのことをよく知って、愛というものを理論的に説明できるようになってからじゃないとダメだと思うのだ。

交わる男女を、さっきと変わらず指の間から難しい顔で眺めていると、私にぴたりと肩を寄せた紫乃ねえが楽しげに言う。

「むしろ、お堅い綺代には肉食系な人が合うと思うわよ。社長さん、シート倒してくるような強引男子だったらいいのにな〜」

「よくない」

かぶせ気味で一刀両断した私は、たまらずすっくと立ち上がり、買ったばかりの服を持って自室に向かう。

付き合う女性の理想も高そうなあの社長が、私相手に欲情するわけないじゃない。どしどしと階段を上りながらそう考えていたとき、ふと彼が放ったひとことを思い出して足を止めた。

『今、無性にキスしたい』

……欲情、するわけない、よね。


六月に入り、目に映る木々はひと際鮮やかな緑に色づいた。日が長くなったとはいえ、午後七時の今はすでに、みずみずしい若葉は夕闇に溶け込みつつある。

グラデーションが綺麗な空を、助手席の窓から眺めている私の耳に、とんでもないひとことが飛び込んでくる。

「俺、好きなんだよ。キスが」

ドッキン、と心臓と共に肩が跳ね上がった。運転席のほうを振り向けば、平然と運転を続ける社長様がいる。

キスが好きって……また、この人はなにを言いだすの⁉

「今の時期、一番うまいし。でも江戸前寿司だと握ってくれないんだよな」

「あ……あぁ！　へぇ、そうなんですかぁ～」

なんだ、寿司ネタの鱚《きす》の話か！

勝手に勘違いしてしまった自分が恥ずかしくて、大げさに相づちを打ってしまったけれど、変に思われていないだろうか。

なぜこんな話になったかというと、約束の金曜日を迎えた今日、これから連れていってもらうところが寿司屋だからだ。こうして社長の車に乗せてもらうのは二回目だから、この前ほどいたたまれない感覚ではないにしても、やっぱり緊張する。

彼に下心はないというのに、先日見せられたお色気動画の状況とリンクして妙に意識してしまう。紫乃ねえのバカ。

しかも仕事が終わったばかりの彼は、この間と同じ洋光台駅で私を拾ったあと、ふう、と息を吐き、セットされていた髪をくしゃっと乱した。

その気だるげな仕草と、ラフになったヘアスタイルの破壊力ときたら、まさに漫画の中のヒーロー同然で、胸キュンをありがとうございます、と拝みたくなるほどだ。

イケメンはなにをやってもイケメンなんだよなぁ……と思い、チラリと社長に目を向けると、やや長めの前髪から覗く瞳もこちらを捕らえている。

信号待ちの間、あまりにもじっと見つめているので、たまらず「なんですか？」と聞いてしまった。

普段より若く見える社長は、柔らかく瞳を細めてひとこと告げる。

「今日は一段と綺麗だなと思って」

……うわ、顔が熱くなってしまう。

定時の五時を迎えて早々に退社した私は、一旦家に帰り、着替えとメイクをして社長の仕事が終わるのを待っていた。

咲子ちゃんに言われて、今日はコンタクトにしている。髪の毛も紫乃ねえが緩く巻いてくれた。これが自分の女子力を精いっぱい引き出した姿だから、褒めてもらえると素直に嬉しい。

「あ、りがとう、ございます……」

「俺のためにオシャレしてきてくれたんだと思うと、嬉しいよ。キスもしやすいしな」

肩をすくめてぎこちなくお礼を言った直後、聞き捨てならないセリフがさらっと飛び込んできて、目を見開く。

ん？　今のは魚じゃなくて……接吻《せっぷん》のこと、ですよね⁉　『俺のために』と言われるのもなおさら恥ずかしいし。ていうかキスって！

いろいろとツッコみたいのに「え、あ」とかいう意味を成さない言葉しか出てこない。動揺しまくる私を、彼は横目でおかしそうに眺め、手を伸ばして頭をぽんぽんと撫でた。

あぁもう……からかっているのか、なんなのか。この人の思考は本当に読み取りづらい。

恋人同士の本物のデートみたいな感覚に陥ってしまいそうだ。勘違いしないよう気をつけなければ。

終始悶えっぱなしで二十分ほど走り、目的の寿司屋に到着した。

社長のあとに続いてそろそろと敷居を跨《また》ぐと、高級感と温かみがある店内には、横長のコの字になった檜《ひのき》のカウンターが広がる。

新鮮な魚が並べられたケースの向こうでは、大将がシャリを握っている。当然、回らない寿司だ。お品書きにも値段は書かれていない。

事前になにを食べたいか社長に聞かれたとき、この間の接待ではフレンチだったため、和食がいいと伝えた。すると『じゃあ寿司でも食いに行くか』と提案され、寿司大好きな私はふたつ返事でＯＫしたわけだ。

きっと社長のことだから、素敵な店に連れてきてくれるのだろう、という予想通り。心の準備をしてきてよかった。

こんな高級寿司店に初めて訪れた緊張でそわそわしつつも、目の前に一貫の寿司が出されると、感動で目を輝かせてしまう。

まずは鯛《たい》を、なんとかひと口で頬張る。上品な脂がとろけて甘みもあり、めちゃくちゃ感動する。

「ん～、すっごく美味しい！　こんなお寿司は初めてです～」

語彙力がなくて、ありきたりかつ嘘っぽい感想しか出てこないのが悔しいが、本当にそう思う。

同じくひと口で食べた社長は「俺もここの寿司が一番好きなんだ」と言って、微笑んだ。

「お母さんたちにも食べさせてあげたいなぁ」

一貫ずつしっかりと味わう私の口からは、満足げなため息と共に、心の声がこぼれた。お茶を飲んでいた社長は、湯呑みを置いてなにげない調子で言う。

「倉橋は実家暮らしだったか」

「はい。母と姉と、三人暮らしです。父は私が小学生のときに亡くなりました」

彼が亡くなったのは二十年も前のことだから、私はなんの抵抗もなく話せても、相手はだいたい気の毒そうな顔をする。今の社長も同じで、そんな顔をさせてしまったことを少し申し訳なく思った。

「そうか……大変だったな」

「私は全然苦労していないんです。大変だったのは母なので。寂しかったですけどね、すごく」

そばにいてほしいときに、その存在自体がこの世のどこにもいないというのは、かなりつらいものだった。今でもたまに、父のことを思い出してセンチメンタルになるときがある。

「でも、私たち家族が不幸だとは思いません。三人でもそれなりに楽しく過ごしてきましたから」

三人で助け合ってきたこれまでの日々を思い返しながら笑顔を向けると、社長も安堵するような笑みを見せて頷いていた。

そう、父がいなくても悪いことばかりではなかった。女三人での生活は気楽で、それでいて絆《きずな》は強まったように思う。

それに……私がサンセリールに入ったのも、今思えばあのときのことがきっかけだから。

湯呑みの中で揺れる液体を見るともなしに眺め、父の告別式が終わった直後の、ある出来事を思い出す。

黒い服を着た多くの人が集まる中、私は皆から離れたところでひとり泣いていた。そのことに気づいた参列者のひとりが、チョコレートをくれたのだ。それが、他でもないサンセリールの商品で、ここの寿司のように、それまでに食べたどのチョコレートよりも美味しかったことを覚えている。

おかげで泣きやむことができたし、それからチョコレートにハマってしまって、今に至るというわけだ。

あの些細な出来事が、こうして私の人生に関わっているのだから、不思議なものだよね……。

ぼんやりと考えてしまっていた私は、小首を傾ける社長に「どうかしたか？」と声をかけられ、はっとした。この仕事を選んだ動機は至極単純なものだから、話すのは恥ずかしい。

私は「いえ」と笑ってごまかし、なんとなく気になっていた話を質問してみることにする。

「社長は、やっぱり会長が叔父様《おじ》だからサンセリールに入社したんですか？」

前社長の叔父様が会長に就任することになり、副社長だった彼が昇格したことはもちろん知っている。でも、お父様ではなく叔父様の跡を継いだことにはなにか理由があるのかな、と思っていたのだ。

突然の質問にもかかわらず、私の疑問をすべて読み取ったかのように、社長は詳しいことを教えてくれる。

「叔父には跡取りがいなくて困ってたからね。俺の親父は高校教師で、そっち方面には兄貴が進んでるよ」

「そうだったんですね」

社長のお父様が高校の先生だということも、お兄様がいるということも噂で知っていた。ただ、お兄様が教師だというのは初耳だ。

プライベートな情報を彼の口から直接聞くことができて、ちょっぴり嬉しく思っていると、彼は「それに」と話を繋げる。

「俺は勉強を教えるより、皆を笑顔にするような仕事をしたかったから」

優しい目をして語られたその意志を聞いて、胸がじんわりと温かくなった。私の緩んだ口からは、自然とこんな言葉が出てくる。

「私、好きなんです。社長が掲げている〝お客様の幸せと笑顔を作るお手伝いをします〟っていう理念」

これは泉堂社長が就任してから、企業理念のひとつとして加えられた新しいもので、とても素敵だと常々感じていたのだ。

この理念も上辺だけのものだったらどうしてくれようかと危惧していたが、ちゃんと心からの声だったとわかってよかった。

ひとりニンマリしていると、一瞬真顔になった社長は、次にクスクスと笑い始める。それが嬉しそうに見えるのは、私の気のせいじゃないと思いたい。

「企業理念が好きだなんて、初めて言われた。やっぱりお前は変わってるな」

「やっぱり、って」

「ていうか、改めてこんな話すると照れるだろ」

『変わってる』と言われて若干ヘコんだのもつかの間、ボソッと呟いて口に寿司を放り込む彼を見て、キョトンとする。

照れ隠しをしている社長は、眼鏡をかけたときと同じくらい滅多に見られない。

もぐもぐと口を動かす姿もなんだか可愛らしく、私はほっこりした気分で笑ってしまった。

本能の重要性をキスで説く

仕事の話も、プライベートの話も、どんなたわいないことでも彼の口から語られると、すべてが特別なものに思える。

尊くて不思議な感覚を抱く私は、ひと通り寿司を食べ終わって店を出る前に、お手洗いに向かった。

時刻は早くも、九時になろうとしている。結構居座ってしまったのに、あっという間だった。専門的な話をしなくても心はだいぶ満たされたし、これで終わりだと思うと……正直、物足りない。

複雑な気分で手を洗い、なにげなく鏡を見上げると、普段とは全然違う自分がいて一瞬びっくりする。

そうだ、今日はコンタクトで、ばっちりメイクをしているんだった。別人というほどではなくても華やかだし、自分で言うのもなんだけど、いつもよりは可愛いと思う。

顔の血色も、肌ツヤもとてもいい。チークはつけておらず、お酒を飲んでいないから酔っているわけでもないのに。

「もうEPAとDHAの効果が……？」

頬に手を当て、まじまじと鏡を覗いて呟くも、そんなことあるわけない。魚に多く含まれる、血液を綺麗にして美肌にするという成分を摂取したとはいえ、こんなに早く効果は表れないはずだ。

可愛くなったように見えるのはやっぱり気のせいだな、と結論づけて廊下に出た直後のこと。

「あれっ……倉橋さん？」

店内からトイレに向かってやってきた、ふくよかな体型の男性が、聞き覚えがある声で私の名前を口にした。

目線を上げ、私は驚きで目を見開く。そこにいたのは、きっと二度と会うことはないだろうと思っていた人だったから。

「甘利さん⁉」

「奇遇ですね、まさかこんなところでまた会えるとは」

お見合いしたときとまったく変わらず、明るい笑顔を見せてくれる甘利さん。まだ一ヵ月も経っていないのに、なんだか懐かしく感じる。

思いもしなかった再会で照れくさくなりつつ、とりあえず普通に会話をしてみる。

「会社帰りですか？」

「えぇ、今日は上司との付き合いで。倉橋さんは？」

「私もそんなところです」

社長とふたりで食事をしに来ているとはなんとなく言えなくて、そう返してしまったが、あながち間違いではないだろう。

話が途切れると、甘利さんは心なしか気まずそうな表情に変わり、遠慮がちに言う。

「相談所、退会されたんですね」

そういえば、甘利さんの返事を聞く前に退会してしまったんだった。

決まりが悪くなり、私も苦笑を浮かべて頷く。

「はい。甘利さんとお話しするのは楽しかったんですが、やっぱり相談所のシステムは私には合わないなと思って」

「そうでしたか。……少しショックでした。僕はもう一度、倉橋さんとお会いしたいなと思っていたので」

切なげな笑みと共に口にされた彼のひとことを、ぽかんとして頭の中で反芻《はんすう》する。

そして理解した数秒後、「えっ」と驚きと戸惑いが交ざった声を上げた。

甘利さん、私でよかったの？　青酸カリの話をしたとき、すごく引いていたはずでは……？

「あなたは僕の周りにはいないタイプの女性で。知的なところもそうですが、自分をしっかり持っているようなところに惹かれました」

真面目な調子でストレートに伝えられ、じわじわと頬が火照りだす。まさか好意的に捉えてくれていたとは、予想外だ。

面食らっている私に、甘利さんは眉を下げた笑顔を見せ、照れたように頭を掻く。

「すみません、今さらこんなことを言われても困りますよね」

「いえ！　あの……ありがとうございます。嬉しいです」

軽く頭を下げた私は、素直な気持ちを口にして微笑んだ。こんなつまらない自分を気に入ってくれたことは本当に嬉しい。

……あれ？　ということは、これから甘利さんと結婚を前提にお付き合いしてもいいのでは？　本来そうするつもりだったのだし、万々歳じゃないか。

ふとそんな考えが浮かんだものの、もやもやしたものが心に引っかかって、ためらってしまう。特に彼に対しての不満もなく、なにより、こんな私を受け止めてくれるかもしれないというのに。

どうしてだろう、と悩み始めてしまいそうになっていたとき、再び真剣な表情でなにかを言いたげにしている甘利さんに気づく。

その直後、彼の後ろからやってくる人影が見えて、はっとした。

「倉橋さん――」

「おい」

甘利さんが口を開いたと同時に、低い声をかぶせたのは、彼の背後に立つ長身の男性……泉堂社長だ。

社長が来たことに甘利さんと共に驚いていると、普段は絶対に聞かない、不機嫌さが交ざったような声が放たれる。

「遅いぞ、綺代」

一瞬、空耳かと疑った。だって今、〝綺代〟って言ったよね?

意味がわからず困惑していると、甘利さんの横をすり抜けてこちらに来た彼は、私の肩に手を回してきた。

さらに謎な行動で、内心あたふたしてしまう。社長に呼び捨てにされただけで、なぜか鼓動が速まっているというのに。

対する社長は、仕事中のような麗しい微笑みを甘利さんに向ける。

「すみません、私の彼女になにか?」

〝私の〟って！　それじゃ、私たちが付き合っているみたいじゃないですか。

密着する彼を、眉根を寄せて見上げる。いつもと同じ爽やかスマイルだと思ったそれは、よく見てみれば目が笑っていない。

いったいなんなんだ……と奇妙に思っていると、呆気に取られていた甘利さんが、はっとして動きだす。

「あ、いえ。久しぶりに会ったもので、つい引き留めてしまいました」

社長に臆した様子もなく、穏やかに返した甘利さんは、その優しい眼差しを今度は私に向けた。

「倉橋さん、こんなに素敵な方を見つけられていたんですね」

ほら、やっぱり彼氏だと思われてしまっているじゃない。

私は誤解を解こうと、慌てて手と首をぶんぶんと横に振る。

「いやいやいや、この人は……！」

「隠さなくていいんですよ。もし僕にも可能性があれば……なんて一瞬思ってしまったんですが、これできっぱり諦められます」

スッと息を吸って清々しい笑顔になった甘利さんは「お幸せに」と私たちに頭を下げ、一歩を踏み出した。

あぁ、今度こそもう会わないと思うけど、誤解されたままって、もやもやする……。

彼はすぐトイレに入っていき、社長は私の肩から手を離さずに、店のエントランスホールへと歩きだす。どうやら、私がトイレに行っている間に会計は済まされていたらしい。

大将の気持ちのいい挨拶で夜空の下に送り出された瞬間、無愛想な声が降ってくる。

「なんだ、あの優男は」

「あの人は類稀《たぐいまれ》な、いい人なんです。っていうか、こっちが説明してもらいたいんですが！」

強めの口調で言い放つと、足を止めた社長が私を見下ろす。思いのほか顔が近くてドキリとする。

「呼んだらダメか？　綺代、って」

糖分が増したセクシーな声で再び名前を紡がれ、胸が締めつけられるような感覚を覚えた。

呼び捨てにされること自体は嫌じゃなく、むしろ嬉しいくらいだ。彼に呼ばれると、この昭和じみた名前も特別で素敵なものになったように感じるから。

「ダメ、じゃないです、けど……や、そうじゃなくて！」

一瞬丸め込まれそうになり、慌てて論点を戻す。私が聞きたいのは、なぜ恋人のように振る舞ったのかということだ。

いまだに肩を抱いている手をツンツンと指差す私を見て、彼は私の言いたいことを理解したらしく、やっと手を離した。

「男よけだよ。変なやつに捕まってるんじゃないかと思ったから」

ゆっくりと足を進める彼から明かされたのは、意外な理由。社長は、私が甘利さんにナンパされているとでも思ったのか。

私はキョトンとしたあと、その過保護さがおかしくて吹き出してしまった。

「なんだ、それなら心配は無用です。声をかけられても、相対性理論の話をすれば大抵の男性は逃げていくので」

「結局ナンパされてんじゃねーか……」

社長はボソッとツッコみ、脱力した。くしゃっと髪に手を潜らせるその顔は、呆れ気味だ。

近くの駐車場に着き、車の近くにやってくると、社長は助手席のドアを開けて言う。

「お前はしっかりしてるように見えて、意外と危なっかしい。滑って転ぶわ、お持ち帰りされそうになるわ」

うぐ、と押し黙る私。しっかりしていないことはないと思うのだけれど、そう言われるとなにも返せない。

しかし、口を尖らせる私の頭に、大きな手がぽんとのせられる。見上げれば、優しい瞳で微笑む彼がいる。

「だから、誰かが守ってやらないとな」

ひとりごとのようにこぼされたそのひとことで、胸がトクンと揺れた。

自分が守ってもらうことなんて、あまり考えたことはなかった。そうしてくれる人がいなかったから。

さっきのことは勘違いだったとはいえ、彼は私を守ろうとしてくれた。そう考えると、心の奥の柔らかい場所がくすぐられるような感覚がして。

私を守ってくれる〝誰か〟は、これからもこの温かい手を持つ人だったらいいのに、と一瞬願ってしまった。

私の自宅まで送ってくれるというので、お言葉に甘えて心地いい運転に身を任せていると、窓の外に独特な光の群れが見えてきた。街中の色とりどりの夜景とはまた違う、プラチナ色の光がきらめいている。

「あれって、工場の明かりですよね？　綺麗……」

「あそこは製油工場だな。見られるところを通っていくか」

ハンドルを握る社長の嬉しい言葉に、私は「はい！」と即答した。

数分走り、視界が開けた海岸沿いに出ると、対岸にある製油所が幻想的な明かりを放っている。

まさに穴場だ。絶景ポイントといえる場所にもかかわらず、人はほとんどいないため、その駐車スペースに車を停め、しばらく車内から眺めることにした。

昼間は無機質な工場プラント群が、夜になるとこんなに綺麗に輝くものだったとは。

みなとみらいの夜景は見慣れていても、こういう工場夜景を見ることはあまりないから、とても素敵。

静かな夜の海に浮かぶ、別世界のようなその景色を堪能する私の隣で、シートベルトを外した社長は骨張った手でネクタイを緩める。

女子ならおそらく九十パーセントの確率で胸キュンしてしまうその仕草に、例外なく私もときめいてしまう。なにげないのに、どうしてこんなに色気を感じるのだろう。

この瞬間だけ夜景から社長へ目を移し、うっとりと眺めていると、彼もこちらを向き、視線がぶつかった。

「で、さっきの男は知り合いだったのか？」

リラックスした様子の彼から改めて問いかけられ、惚《ほう》けていた思考を慌てて戻す。

「えっと、彼は結婚相談所で一度お見合いをさせてもらった人なんです」

正直に答えると、社長のきりりとした眉がわずかにひそめられる。

「お見合い？　そんなことしてんのか」

「もう退会しましたよ。どんな人が自分に合うのか、データに基づいてしっかり分析してくれる結婚相談所なら希望があるかと思ったのに、なんだか違う気がして」

さっき甘利さんの気持ちを聞いて、あのまま付き合いを続けていたら、きっとうまくいっていたであろうことがわかった。

でも、退会したことは後悔していない。恋人ができる大きなチャンスを自ら捨ててしまったというのに、なぜ心穏やかでいられるんだろう。

目前に迫る、光の城のようなプラント群を眺めながらぼんやり考える私に、社長の納得したような声が聞こえてくる。

「それで今度は、媚薬入りチョコレートを研究し始めたと」

「そうなんです。こうなったら相手をその気にさせるものを自分で……へっ⁉」

思いっきり認めた直後、とんでもないことに気づいてギョッとした。

社長、どうして媚薬チョコのことを知っているの⁉

目と口をぱかっと開いて、内心慌てふためきつつ、平然としている彼になんとか確認を試みる。

「な、なんで知って……！」

「この前、定食屋で話してただろ。研究課のメンバーで」

「いたんですか⁉　社長があの超庶民派な定食屋に⁉」

「いちゃ悪いか」

目を据わらせてツッコんだ社長は、驚きと動揺を隠せずにいる私に淡々と説明する。

「たまたま入ったらお前たちがいたから、声をかけようとしたんだが、異様なほど熱中してたから遠慮しておいた。近くの席に座ったのに、全然気づいてなかっただろ」

「気づかなかったです……」

まさかあの場に社長が来るとは思わないもの。いったいどこから聞かれていたんだろう。

いや、聞かれてしまったことは仕方ない。どうしよう、今度こそ絶対引かれているに違いない。

この横浜港の底に深く沈んでしまいたい気分でうなだれていると、意外な言葉が耳に届く。

「面白いこと考えるよな。発想はすごいよ」

特に呆れているでもなく、むしろ感心しているらしき声に、私は暗い海の中から引き揚げられたように、ぱっと顔を上げる。

「……引かないいんですか？」

「成功するかは別として、斬新なアイデアを出すのはいいことだ。これからもどんどん新しい切り口を見つけたらいい」

思いも寄らない肯定的なアドバイスをもらえて、ホッと胸を撫で下ろした。

あぁ、ありがとうございます、社長。これで心置きなく開発研究を進められます！

希望の光を見つけた気持ちで、心の広い彼に感謝していると、「でも」という若干不安な接続詞が聞こえてくる。

「それはビジネス上での話だ。恋愛としては、くだらない」

打って変わって厳しいひとことが放たれ、ピシッと凍りついた。

く……くだらない～!?

拝みたくなっていた心境が、反撃モードに一転する。窓枠に頬杖をつき、悔しいほど絵になる姿で工場を眺める彼に食ってかかる。

「くだらないとは、なんですか！　チョコレート自体に媚薬効果があるって、ちゃんとした実験結果が出ていますし、理論上は可能です」

「それがくだらないんだって。要は、相手の心を科学で動かそうとしてるってことだろ。恋愛ってのはそういうもんじゃないんだよ」

冷ややかな表情を見せる彼は、冷静に私を説き伏せる。

「人の心は計算できない。恋愛は特に、理性とは真逆の感情が必ずついてくる。それをなんて呼ぶかわかるか？」

こちらを一瞥して問いかけられ、物申したい気持ちをぐっと堪えて、とりあえず回答を探した。理性の逆といえば、これしかない。

「……本能」

ムスッとして答えると、社長の唇がゆるりと弧を描き、「正解」と言った。

「媚薬なんて必要ないんだよ。本当に好きになる女なら、男は最初から感じる。〝こいつを抱きたい〟って」

向けられる流し目と、セクシーな声。

「少なくとも、俺はね」と付け足して浮かべる妖艶な笑み。

そのすべてが情欲的で、謎めいたざわめきが心臓を襲った。

まんまと言いくるめられそうになるも、なんとか冷静な思考を呼び戻す。

ひと目見ただけで欲情するっていうの？　そして、それが好きになる予兆ということ？　本当にあり得るのかな。媚薬の件は別として、普通は好きな人ができてから、その人を抱きたい、あるいは抱かれたいと思うものじゃないだろうか。

「……そんな本能を、恋愛感情と捉えていいんですか？　人を好きになるには、動物的な直感だけじゃなくて、性格は合うかとか、経済力とか年の差とか、そういう諸々を考えることが必要でしょう」

ひと目惚《ぼ》れの経験もない私には、考えられないことだ。それに、この自論が間違っているとも思わない。

それなのに、どこか言い訳をしているような気持ちになるのはなぜなのだろう。

ブレることなく私を見つめ続ける彼の瞳から逃れたくて、前を向いたまま、自分に言い聞かせるためにも口を開く。

「私は本能より理性が大事なんです。この考えは絶対に変わらな――」

言い終わる前に、勝手に視界が変化した。海に浮かぶ光の城ではなく、端正な顔が目の前に迫っている。

大きな手に覆われる左の頬が熱い。私を捕らえる眼差しも、同様に。

「……変わらない？　なら変えてやるまでだ」

強気な言葉が耳に響いた次の瞬間、私たちの間の空気が動いた。

鼻腔《びこう》をくすぐる、より強く感じる社長の香り。目に映る、長いまつ毛が縁取る伏せられた瞳。言葉を封じる、柔らかな唇。

――く、くちびる⁉

ひとつひとつ五感で確認していくと、自分には信じられないことが起こっていた。

泉堂社長に、キスされている。

そう理解したのは、すでに彼の唇がほんの数センチ離されたときだった。

目を見開き、息をしているかいないかすら把握できない状態で唖然としていると、彼の口角が意地悪そうにクッと上がる。

「悪い。つい黙らせてやりたくなって」

「なっ……」

だからって、好きでもない相手にこんなことをしたらダメに決まっている。それに、それに……私、ファーストキスだったんですが‼

恋人とするものだと信じて疑わなかった初めてを奪われてしまったことに、絶望にも似た気持ちになっていると、再び綺麗な顔が近づいてくる。

「今のキスで崩れてきただろ、お前のその凝り固まった理性。……もっと壊してやろうか」

私の顎に手を添える彼は、男性のくせに艶《なま》めかしく、それでいて獣のような獰猛《どうもう》さも感じ、心臓がバクバクと脈打つ。危機を感じて逃げたくなるも、今の私に可能なのはシートに背中を押しつけることだけ。

「い、意味がわかりませ――」

「綺代」

甘い響きを奏でる声で名前を呼ばれ、胸がきゅっと締めつけられた。

俯き気味になっていた顔を、くいっと上げられ、困ったように眉を下げている自分が彼の瞳に映る。

「お前は理性で頭を固めすぎてるから、恋に落ちにくいんだよ。もっと本能に正直になれ」

そのアドバイスを、乱れた頭の中でなんとか理解しようとしたのもつかの間、再び唇が重ねられて思考は遮断されてしまった。

触れるだけのさっきのキスとは違い、口を開けて食べてしまうかのように、ついばんでくる。

弱い力で彼の胸を押し、「んー！」と喉から声を出して抵抗を試みるも、キスは深くなっていく一方だ。

苦しくなり、酸素を求めて私がわずかに唇を開けた瞬間を、獣と化した彼は逃さない。隙間から入り込む舌は、生き物みたいに歯列をなぞり、私の舌を絡め取って味わいつくす。ついでに、私の理性までも呑み込んでしまうかのように。

「ん、ふぁ……しゃ、ちょ……っ」

なにこれ、やばい。すごく身体が熱くて力が入らない。脳みそごと溶かされてしまいそうだ。

このままじゃダメだと思うのに、彼を押し返していた手は、いつの間にかぎゅっとシャツを掴んでいた。

どのくらいの時間そうしていたのか。ようやく唇が離されたとき、私は息が上がってすっかり骨抜きにされてしまっていた。

呼吸を整えながら、社長の濡《ぬ》れた唇とセクシーすぎる表情をぼんやり見つめていると、彼はなぜか苦笑を漏らす。

「そういう顔されると、まだやめたくなくなるんだが」

ドキン、と性懲りもなく心臓が強く鳴る。

今、自分はどんな顔をしているのだろう。とにかく恥ずかしくて、目を逸《そ》らして

「もうやめてください」とボソッと呟いた。

私に覆い被さっていた彼が、クスッと笑いをこぼして離れていき、徐々に落ち着きを取り戻していく。

……怖かった。社長のことではなく、自分が自分じゃなくなってしまいそうで、怖かった。

きっとこれが、理性を崩されるということ。社長は身をもってそれを教えてくれたのだと思う、おそらく。

でも、不快ではなかった。むしろ……。

考察を始める私に、体勢を元に戻した社長が、なにもなかったかのような余裕の表情で言う。

「今、なにかしら感じたものがあるだろ。それが本能だ。大事なことだから、よーく覚えとけ」

彼のキスで私が感じたものは、わずかな恐怖と、あとひとつ——快楽だ。身体が溶けるような〝気持ちいい〟という感覚は初めて覚えた。

『もうやめてください』と言ったのは口先だけではないが、やめてほしくないという矛盾した思いが奥底にあることも事実。その心から湧き上がってくるものが本能なのだ。それを無視してはいけないのだろう。

恋愛に必要なのは、理性だけじゃない。社長の教えが今度はすんなりと入ってくるような気がして、私は「はい」と素直に頷いた。


帰りの車内、夢の世界にいるように非現実的な気分で、窓の向こうに流れていく夜の街並みをぼんやりと眺めていた。

社長にキスをされただなんて、いまだに信じられない。しかも、あんなに濃厚な大人のキスを。

あの流れでシートを倒されて、服を乱されていったら、例のAVのシーンに行き着くのか。なるほど……って、なにを納得しているんだ、私は。

思考が妖《あや》しくなっている頭を抱えて悶えたのち、深く息を吐き出して、なんとか心を落ち着かせた。

紫乃ねえの言った通りね……。男と女って、本当になにが起こるか予測不能だ。

彼女の言葉をしみじみと思い返していると、運転する社長が、ふいに道を確認する。

「ここを右?」

「あっ、はい、そうです」

車はわが家まであと二分くらいのところに迫っていて、住宅地の狭い道をゆっくり走っていく。街灯があまりない閑静なその道を眺め、社長が心配そうに言う。

「毎日こんな暗いところを通ってるのか。ちゃんと防犯ブザーとか持っとけよ」

眉をひそめる彼を見て、思わず吹き出してしまった。だって、なんだか保護者みたいで。

「大丈夫ですよ。子供の頃から通っているんですから」

「それは関係ない。いつどこで変なやつが出てくるかわからないだろ」

「まぁ、そうですけど……社長って案外、心配性ですね」

私が転んだとき、目が覚めるまでそばについていてくれたし、さっきも甘利さんから守ろうとしてくれたし。そのたびに、私は自分が子供になった気分になるから、ちょっとくすぐったい。

ふふっと笑う私に、至極真面目な社長はひとりごとのように言う。

「誰にでもそうなるわけじゃない。お前は特別」

穏やかな声でこぼされたそのひとことに、胸がキュンと小さく鳴いた。

〝特別〟という言葉は、こんなに嬉しいものだったっけ。

自然に緩んでしまう唇を結んでいると、クリーム色の外壁がくすみかけている、こぢんまりとした一軒家の前に到着した。

見慣れた自宅の景色を目にして、今日の終わりが来たことを実感する。いろいろあって心の中は散らかっていても、楽しかったことには違いない。

私は社長に身体を向け、しっかりと頭を下げる。

「今日は本当にありがとうございました。楽しかったし、美味しかったです。ごちそう様でした」

「俺も楽しかったよ。ありがとう」

優しい笑みを向けられて、なんとも言えない気持ちになる。充足感と切なさが入り交じったような、後ろ髪を引かれるような……。

そう、離れがたいんだ。まだ帰りたくない。今日が終わってしまうのが寂しい。

心に耳を傾けると、そんな声が聞こえてくるようでドキリとした。きっとこれが、本能。

でも、未練がましいわがままを口にできるはずもないので、「じゃあ、また会社で」と当たり障りのないことを言い、車を降りようとした。

「待て、忘れ物」

「えっ？」

呼び止められ、再び運転席のほうを向く。

なにを忘れたのか思い当たらないものの、キョロキョロと探していたそのとき、左耳にかかる髪に手を挿し込まれ、顔を社長のほうへと向けられる。

次の瞬間、柔らかな唇が私のそれに押し当てられ、ちゅっ、とリップ音をたてて離れていった。

一瞬の出来事に呆気に取られ、パチパチとまばたきをして固まる私を見つめる社長は、ふっといたずらっぽい笑みをこぼす。

「その驚いた顔、可愛いから最後にもう一回見たくて」

ぼっ、と火がついたように顔が熱くなった。

この社長様は……本能なんだか、からかっているんだかわからないけど、平然とそういう言動をしないでくださいよ！

「な、なにしているんですか、もうっ！」

怒ったように吐き捨て、今度こそ車を降りると、少々乱暴にドアを閉めてしまった。

初めてにしてこんなにキスされるとは、なんて日だ。熱に浮かされたみたいにクラクラする。

さっさと家に入ってしまえと、酔っているわけでもないのにおぼつかない足で玄関に向かう私の耳に、ウインドウが下がる音と甘い声が届く。

「おやすみ、綺代」

真っ赤になっているに違いない顔で少しだけ振り向き、まともに目も合わさずに頭を下げると、そそくさと玄関のドアを開けた。

もはや普通に名前で呼ばれるようになったな……と頭の片隅で思いつつ中に入り、ドアにもたれて大きく息を吐き出した。

社長が紳士の皮を被るようになったのも、納得できる気がする。思うがままの言動をされたら、相手がたまったもんじゃないもの。今みたいに。

やっぱり、ある程度の理性も大事よね、と自分の中で結論づける。

授業では教えてもらえない社長の恋愛レッスンは、有意義だったけれど心臓に悪い。

この数時間だけで寿命が縮まったんじゃないかと思うほど、過去最高にドキドキした夜だった。

交際志願からプロポーズまでの速度

月曜日の朝は、多くの人が会社へ向かう足取りが重くなるかもしれないが、私は特別そう感じたことはない。

しかし、今日は違う。社長に顔を合わせると思うと、いつの間にか歩調は遅くなっていた。

それは彼のことが嫌なわけではなくて、会ったら絶対にあの夜のキスを思い出してしまうし、そうしたら挙動不審になることがわかりきっているからだ。

ひとまず、研究課まで会うことなく来られてホッとしたのもつかの間、他にも警戒するべきことがあったと気づく。

「きーよーさん！　金曜日、どうでしたか⁉」

白衣に着替えてデスクに座ると、キラキラと目を輝かせる咲子ちゃんがくっついてきてギクリとした。さらに、氷室くんのスクエアフレームの眼鏡も、反対側の視界に入り込んでくる。

「肌の調子もよさそうですし、頬がわずかに紅潮しています。いい時間を過ごせたんですね」

いつかと同じように観察されて、いたたまれないけれど、両側から覗かれているため顔を背けることができない。

そうだった。氷室くんはともかく、咲子ちゃんにはかなり協力してもらったんだから、話さないわけにいかない。でも、さすがに今は無理だ。

「うん、楽しかったよ。お寿司もすっごく美味しかったし」

パソコンを起動しながら当たり障りない感想を口にすると、咲子ちゃんは肩透かしを食らったような顔をする。

「それだけですか？　なにも進展なし？」

「あの社長ですから、女性への対応も紳士的なんじゃないですか？」

「うーん……それもそうかぁ」

氷室くんのなにげないひとことに、咲子ちゃんは不服そうにしつつも頷く。

そうだよね、皆は会社での社長しか知らないからそう思うよね。でも本性は……。

唇を奪われた瞬間の、色っぽい彼の表情や仕草が蘇ってきてしまい、両手で頭を抱える。

ふたりは、進展がなくて私が落ち込んでしまったと思ったのか、「食事をしただけでもすごい成果ですよ」と、背中に手を当てて慰めてくれるのだった。

結局、咲子ちゃんたちは、社長とはただ食事をしただけだと思い込んでいるらしく、その後もツッコんだことは聞かれずに済んで助かった。

その日以降も、幸い社長と顔を合わせることはなく、平和な日々が過ぎていった。

そして、梅雨《つゆ》らしい曇り空が広がる木曜日。三十人ほどが入れるミーティングルームに商品企画部の部長の声が響く。

「ではこれから、バレンタインに向けての新商品開発会議を始めます」

課長の代わりにこの会議に出席している私は、すました顔で席に着いているものの、内心動揺していた。なぜなら、誕生日席に泉堂社長がいらっしゃるから……。時間が取れたときは社長も会議に参加することがあると、すっかり忘れていたのだ。これまで私がいるときに彼が来たことはなかったし。

長方形のテーブルに向かい合って十二人が座る中、社長は誕生日席に座っているだけで圧倒的な存在感を醸し出している。窓側の真ん中辺りにいる私は、極力彼のほうを向かないようにして部長の話を聞いていた。

今回企画するのは、先ほど部長が言った通り、バレンタインに販売する新商品だ。

定番のものに加え、毎年新たな商品を世に送り出している。

部長が「どんどんアイデアを出してください」と言い、集まったメンバーは各々考えてきた案を出し合う。

それについて和気あいあいと話し合っていたとき、ふいに社長が軽く手を上げた。気づいた皆が一旦話を中断して注目すると、意味深な笑みを浮かべた彼は、あろうことかこんな発言をする。

「バレンタインですから、奥手な人を後押しするために、媚薬効果のあるチョコレートなんていかがですか」

「っ、ごほ、げほっ……！」

ギョッとした瞬間、唾が気管に入って思いっきりむせてしまった。私の隣に座る先輩が「どうした」と言い、背中をさすってくれる。

待って、いったいなにを言いだすんですか、社長!?

呼吸を整え、ずっと逸らしていた目線をようやく合わせると、意地悪な彼の唇が嬉しそうに弧を描いた。

「冗談ですよ。大丈夫ですか？　倉橋さん」

心配したように声をかけてくれても、動揺する私を見て内心で面白がっているに違いない。この腹黒狼《おおかみ》め……。

私は口の端を引きつらせて「だ、大丈夫です」と小さく返した。

他の皆は、意外にも社長の提案で盛り上がっている。きっと硬派で真面目なイメージの彼から、媚薬だとかいう言葉が出たからだ。

すると、営業部のエースである萩原《はぎわら》さんという男性が、にやりと口角を上げ、テーブルに身を乗り出す。

「社長は、媚薬入りのチョコレートをもらったらどうするんですか？」

女性社員から人気があるらしい色男の萩原さんは、仕事もデキて物怖じしない性格だから、社長にこんな質問もできるのだ。

皆、特に女性メンバーが興味津々な様子で答えを待っている。社長はほんの一瞬考えを巡らし、ふっと微笑む。

「ありがたくいただきますよ。相手が好きな女性だったら、ですが」

その答えで、ミーティングルーム中が黄色い声に包まれた。私はひとり、微妙な笑みを浮かべてしまう。

中身は肉食獣の彼のことだ。ありがたくいただくのは、チョコレートじゃなく、その女性の身体なのでは……。

と、勝手な想像をして目線を手元に落とし、書きかけだった会議の内容をまとめるのだった。

会議は順調に進み、新商品の候補をいくつか絞り込んだ。これらの試作品を作ることが、私たち研究課のこれからの重要な仕事になる。

終業時間も近づき、会議が終了すると、皆は各々のペースで席を立ち、挨拶をし合ってミーティングルームを出ていく。私もそれに倣い、資料をまとめて席を立とうとしたときだ。

「倉橋さん、今お時間よろしいですか？」

いつの間にかこちらに近づいてきていたらしく、すぐそばで社長の声がして、ドキンと胸が波打った。

え、なに？

腰を上げるのをやめて、おずおずと見上げれば、腹黒さなど微塵《みじん》も感じさせない美しい笑みをたたえる彼がいる。

こんなにしっかり顔を合わせたのは、金曜日以来だ。緊張し始める心を落ち着けるよう、一度眼鏡を押し上げて「なんでしょうか」と返した。

社長が私に話しかけたことで、隣にいた先輩は先に部屋を出ていき、空いたその席に彼は腰を下ろした。そして単刀直入に言う。

「来月、例の彼がうちを訪問してくれることになりました。まだ皆には内緒ですが」

誰のことを言っているのかは、即座に勘づいた。天才パティシエの葛城さんに違いない。

あの彼が、ついにサンセリールに足を運んでくれることになったんだ……！

「本当ですか！　話が早いですね」

目を丸くし、思わず社長のほうに身を乗り出してしまう私に、彼は得意げに口角を上げる。

「彼の気が変わらないうちに、と思ってお誘いしたので。ところが、少々困ったことが……」

「困ったこと？」

「工場見学は、倉橋さんの案内でお願いしたいと言われたのです」

社長の表情が神妙になるから、どうしたのかと首をかしげたものの、語られたものは特に難しいことではなかった。

工場には担当商品の生産状況やラインの確認をしに、日々足を運んでいるため、おおまかなことなら私でも案内できる。

「それならお安いご用です。私でよければいくらでも」

快く答えたにもかかわらず、社長はなぜか表情を強張らせ続けている。そして、さりげなく身体を前屈みにして私に近づき、声をひそめる。

「もしも、私が見ていないところでまた誘われたらどうします？ ちゃんと断れますか？」

そう問われて、接待が終わったあと、葛城さんから二次会に誘われたことを思い出した。

確かに、もし葛城さんが本当に私のことを気に入ってくれているとすれば、また誘われることもあるかもしれない。でも、あのときはお酒の席での気まぐれだっただろうし、今度会うのはこの本社なのだから、可能性は限りなく低い気がする。

「さすがに、会社で誘ってきたりはしないんじゃないですかね」

「あの方は自己中な性格ですから、わかりませんよ。欲しいものはなんとしてでも手に入れたがるかもしれない」

腕を組み、若干面倒そうな顔をする社長は、紳士の皮が剥がれかけているように見える。決して葛城さんのことをよく言ってはいないし。

葛城さんが、そうまでして私を欲しがるとは思えないけどな……と考えていると、ふいに社長が立ち上がり、こちらに一歩近づく。そして、不思議に思って見上げる私を囲うように、テーブルと私が座る椅子の背もたれにそれぞれ手をかけられた。

うわ、なに？　近いっ……。こんなに接近しているところを見られたら、まずいのでは!?

慌ててぐりんと首をひねり、辺りを見回すも、ミーティングルームの中にはすでに私たち以外いなくなっていた。窓の向こうには離れたところにビルが見えるだけだし、誰にも目撃されることがなさそうでホッとする。

しかし安心したのもつかの間、テーブルについていた手が私の顎に移動し、くいっと上を向かされたことで再び緊張が走る。

目の前には、月も出ていないのに完全に狼と化した彼の瞳があった。キスの記憶がまざまざと蘇り、心拍数が跳ね上がる。

「万が一、こんなふうに迫られたとして、お前お得意の理性は働きそうか？」

挑発するような、確認するような、わずかな威圧感と色気を含んだ本性の声が投げかけられた。

ドキドキして、なにかが起こってほしいような謎の期待をしてしまって、正直理性は不安定に揺れている。しかし今、目の前にいるのが社長ではなく、葛城さんだったとしたら……？

あと数センチでキスができそうなくらい近づいた端正な顔を見つめ、なんとかそれを脳内で置き換えてみる。

この人は泉堂社長じゃなくて、葛城さん。腹黒狼じゃなくて、アンニュイなパティシエ……。

すると、理性が地に足をついて踏ん張ってくれて、次第に揺れが収まってきた。

……大丈夫だ。きっと相手があの人なら、理性を崩されることはないはず。

「問題ありません。相対性理論もちゃんと語れます」

自信を持ってしっかり答えると、社長はぷっと吹き出して、身体を離すと共に「上等だ」と言った。

再び椅子に腰を下ろした彼は、軽くなった声色で補足する。

「まぁ、これは最悪のパターンだ。俺もお前と一緒についてるつもりだから」

「はい。よろしくお願いします」

「もしプライベートなことを聞かれても、必要最低限のこと以外は話すなよ。誘われても絶対に断ること」

そんなによくよく注意してくれなくても……と思いつつ、とりあえず頷いていると、「ん」と言って立てた小指を差し出された。

これって、もしや……。

「指切り、ですか？　私、子供じゃありませんよ」

呆れたような笑いをこぼす私を、社長は意地悪っぽく目を細めて見据える。

「まだまだ子供みたいなもんだろ。ついこの間、初めてキスしたばっかりで」

「ちょっ……！」

ちょっと、ぶり返さないでくださいよ。こっちは必死に思い出さないようにしているのに！　あれが私の初キスだって確信しているのも、なんだか失礼な気がするんですが。

あたふたする私を見ておかしそうに笑う彼は、小指を差し出し続けている。

仕方ない、従っておこう……。いい年をした私たちが、指切りをするだなんて。

照れくささを感じながら、彼の小指に自分のそれを遠慮がちに絡めた。したり顔をする彼は、昔懐かしいフレーズを淡々と口にする。

「指切りげんまん、嘘ついたらキス百回かーます」

「はぁ!?」

「指切った」

最後の聞き捨てならないお仕置きにギョッとしているうちに、すぐさま指が離された。私は口の端をヒクッと歪ませ、しれっとしている狼社長にツッコむ。

「なんですか、それは……」

「針千本よりだいぶマシな刑だと思うが」

そう言われれば、まだいい気もするけれど、キス百回もかなりの危険性があるような……。まぁ、約束を破らなければいいだけの話か。

悶々と考えを巡らせている間に、腰を上げた社長はミーティングルームを出ていこうとする。その姿を見送ろうとしたものの、疑問が湧き上がってきた。

「あの、社長！」

私も立ち上がって呼び止め、振り向いた彼にその疑問を投げてみる。

「どうしてそんなに、私と葛城さんを会わせたくないんですか？」

私が誰とどうなろうと、社長にはなんら関係ないというのに。

社長をじっと見つめて待っていると、数秒間考えるように目線をさまよわせた彼から、こんな答えが返ってきた。

「……俺の本能がそうしろって命令してるから、かな」

出た、本能！

目を丸くする私に、意味深な笑みを浮かべてみせた彼は「じゃあな」と短く告げてドアを開けた。

「意味がわからない……」

パタンと閉まるドアを見つめたまま、脱力して呟いた。

結局、どうしてなのか明確な理由は教えてもらえなかった。都合のいい言葉ね、本能って。

なんとなく葛城さんは手が早そうだから、社長は交際経験がない私のことを思って、ただ世話を焼いてくれているだけなのだろうか。……これ以上考えても答えは見つけられそうにないから、そういうことにしておこう。

もやもやしたものを感じながらも自己完結し、ひとまず仕事をしなければと、私も荷物を持って研究課に戻った。


七月最初の水曜日。今日は約束通り、葛城さんが来訪する日だ。案内役の私は、普段の仕事を他のメンバーにお願いし、工場の入口付近で社長と葛城さんが来るのを待っている。

白衣を着て、本社と工場を繋いでいる廊下の先を手持ち無沙汰で眺めていると、ほどなくしてふたりが現れた。

社長より背が低い葛城さんは、今日は私服姿だ。丈が長いデザインTシャツに、黒のワイドパンツを合わせた緩いスタイルは、アンニュイな彼によく似合っている。

私を見つけると、葛城さんはにっこり笑って手を振ってくれる。

この仕草と私服のおかげで大学生くらいに見えるな……と思いながら、近づいてきた彼に私も笑顔で会釈《えしゃく》した。

「葛城さん、お久しぶりです」

「どうも。あれからずっとお会いしたかったんです、倉橋さんに」

可愛らしいのに、なぜか小悪魔っぽく見える笑顔でストレートなセリフを放たれ、ドキリとした。こんな美青年に『お会いしたかった』だなんて言われたら、無条件でときめいてしまう。

しかし、隣に立つ社長を見やると自然と気が引きしまる。穏やかに微笑んではいても、心の中では〝なに調子いいこと言ってんだ〟とか思っているかもしれない。

とりあえず真に受けずに、笑顔で軽く受け流しておくとしよう。

「あ、あはは。ありがとうございます。では、ご案内いたしますね」

工場へと続くドアを開けて中に入り、用意しておいた社長と葛城さん用の白衣や帽子などを手渡した。

私も帽子を被り、長い髪をその中に入れていると、葛城さんが社長に目を向けてこんなことを言いだす。

「泉堂さんまで付き添ってくださらなくても結構ですよ。倉橋さんさえいてくれれば」

葛城さんに後ろから両肩にぽんっと手を置かれて、反射的にビクッと身体が跳ねた。

やっぱり私とふたりになろうとしているらしい。社長はどうするんだろうか。

「お気遣いいただいて、ありがとうございます。ですが、彼女にはできない説明もありますので」

和やかに返すも引く気配がない社長に、にこにこしていた葛城さんの表情が瞬時に仏頂面に変わる。

「……泉堂さんって案外、空気が読めない人だったりします？」

期待外れだとでもいうような、不満げな彼のひとことで、社長も私もピシッと固まった。

この人はまた失礼なことを堂々と……！　というか、空気が読めないのはあなたのほうでは……と、きっと社長も思っているはず。

微妙な顔をする私たちに気づいていないであろう葛城さんは「まぁ、仕方ないですね」とため息交じりにこぼして、身支度を整える。そして手洗い場のほうへ進む彼を、つい立ち止まったまま眺めてしまう。

「……クソパティシエめ」

バサッと白衣を羽織って、彼のあとに続く社長から、ボソッと呟かれた声が聞こえてギョッとした。見上げた先にある無表情が恐ろしく感じる。

こんな悪態をつく社長の姿は、皆には絶対見せられないな……と、歪む口元をマスクで隠して私もふたりの元へ向かった。


それからの工場見学は、特に問題なく進んでいる。

葛城さんのことは、まだ一部の人間しか知らない。しかし、社長に付き添われている状況を見れば、それなりにすごい人だと工場内の皆も察しがついているだろう。

すれ違う作業員と挨拶し合い、工程を順にたどっていく。

コーティング・パンという丸い機械の中で、アーモンドにチョコレートをスプレーしていたり、長いトンネルを潜って光沢のあるトリュフが生まれてきたり。甘い香りが充満する空間の中では休みなく機械が動き、一日に数万個の商品が作られている。

それらを説明しながら、ゆっくり歩いていた。

「この機械には、データを入力できるスクリーンがついていまして、チョコレートの上にさまざまなデザインを作れるようにプログラムすることができるんです」

新しい機械の前で足を止め、それの特長を説明すると、葛城さんは珍しく感心したように言う。

「機械でも細かい作業が可能になってきてますよね。それでも、手作りには敵《かな》わないでしょうが」

毎日手作業でスイーツを作っている彼には自信が溢れていても、嫌味には感じず、もっともだと思った。

「その通りです」と同調する社長も、その様子から上辺ではなく本心で言っていることが見て取れるし、さらにこう続ける。

「ひと品ずつ手間暇かけて職人が生み出す品質を、大量生産している工場で超えることは難しい。だからこそ、少しでも近づけるように日々創意工夫を凝らして、成長し続けていきたいですね」

凛とした声で語られた言葉には彼の志が感じ取れ、葛城さんもそれを汲み取ったように小さく頷いた。

社長が目指すサンセリールを築き上げていくために、私もお手伝いしたいと素直に思う。紳士的な態度は作られたものであっても、信念には嘘がないから、この人についていきたくなるのだろう。

温かい気持ちを抱くと共に案内を続け、ちょうど最後のパッケージの工程を説明し終わったとき、作業員のひとりが少々急いだ様子でこちらにやってきた。

「社長、外で綾瀬さんがお呼びです。取引先から大事な連絡があったようで、早急に来ていただきたいと」

「そうですか」

社長は答えながら、チラリと私を見下ろす。きっと、ここを離れて大丈夫か懸念しているのだろう。

本当に心配性だなぁと笑いそうになるのを堪え、私は明るく声をかける。

「見学はここが最後ですし、大丈夫ですよ。行ってきてください」

いくらか迷いが表れた瞳で私を見つめていた彼は、しばらくして頷き、口を開いた。

「……わかりました。倉橋さん、二階のミーティングルームにご案内をお願いします」

「はい」

出された指示に返事をすると、社長は葛城さんに一礼して工場をあとにする。

このあとは、以前接待のときに話していたクリオロ種を使ったチョコレートを含め、サンセリールの商品を試食していただく予定だ。まだまだ気が抜けない。

気合いを入れ直して「じゃあ、ミーティングルームに行きましょう」と葛城さんに声をかけ、工場の出口に向かった。

しかし入口とは別の、今は誰もいない通路に出た瞬間、葛城さんは私の手首をぐっと掴んで引き留める。

「葛城さん？」

驚いて振り向くと、彼が片手で帽子とマスクを素早く取り、少し乱れたマッシュヘアと綺麗な顔が露わになった。

「邪魔者がいなくなった今のうちに言わせて。今日ここへ来たのは、君に会うためでもあるので」

社長を邪魔者扱いする度胸はさすがだと感心していると、彼がなにやら真面目な表情で私を見つめてくるものだから、目を見張る。

その唇から、耳を疑うひとことが紡がれた。

「僕は、真剣に倉橋さんとお付き合いしたいと思ってる」

……お付き合いって……葛城さんが、私と？

「はいっ!?」

帽子もマスクもつけたまま、見開いた目だけで驚愕を表して、声を上げた。

これって一応、告白なの？　まだ会うのは二回目なのに、私のことを気に入ってくれたってこと？

固まる私に、葛城さんはどこか遠い目をして言う。

「初めてだったんだ、あんなに元素について語り合えたのは。こんなマニアックな趣味を理解してくれる人は、これまでにいなかったから」

「でしょうね……」

思わず同意してしまった。理系話が好きな私も同類だから、それはよくわかる。

彼は再び真剣な眼差しになり、「それだけじゃない」と続ける。

「倉橋さんはグラースの原材料を見抜いた。自分の作品をここまで吟味してくれたのかって、すごく感動したよ」

嬉しそうな笑みを控えめに見せる彼の言葉に、軽く胸を打たれた。

私も、自分が研究して生み出したものを吟味して褒めてもらえたら、間違いなく嬉しい。あのときの私のひとことが、葛城さんに響いていたのだということも。

熱がこもった瞳に捕らえられ、徐々に私の体温も上がっていく。

「だから、君を手に入れたくなった。幸い、お見合い相手募集中のようだし」

ストレートに言われてドキッとしたそばから、ちょっぴりいたずらっぽく口角を上げる彼の補足で、私はさらに目を丸くした。

だって、『お見合い相手募集中』って……！

「なんで知ってるんですか⁉」

「昨日〝ケイコク〟に行ったから」

それを聞いて、はっとする。古語で美人という意味の〝傾国〟から取ったそれは、母が働くスナックの店名だからだ。

若くてオシャレな葛城さんともあろうお方が、熟女揃いのあのスナックになぜ⁉

「得意先のおじさんに半ば強引に連れられて行ったんだ。なかなか楽しいお店だね。相手してくれてたママの話を聞いてたら、倉橋さんの名前が出てきたから驚いたよ。

まさかお母さんに会えるとは」

「そ、そんな偶然があるんですね……」

無邪気に笑う葛城さんの話で、すべてを悟った私は脱力してうなだれた。

お母さん、私に紹介できそうな人をまだ探してくれていたのね。今はお見合いをする気はなくなったってこと、はっきり伝えていなかったからな……。

しくじった気持ちで頭を抱えていると、葛城さんはふいに可愛らしく手を上げる。

「そこでさっそく、お見合い相手に立候補させてもらいました」

「そうですか、立候補……えぇっ⁉」

またしても叫んでしまった。

ちょうど工場から出てきた作業員が、びっくりして私たちを見る。私は「すみません」と軽く謝り、その人が完全に去ってから葛城さんが話しだす。

「まぁ、とっくに顔は知ってるからお見合いとは言わないかな。でも僕は、倉橋さんと付き合うなら前向きに結婚を考えたい」

冗談ではなさそうな彼の様子に、私は唖然とするしかなかった。

さっきから驚愕してばかりだけれど、そうなるのも仕方ない。交際を申し込まれたと思ったら、いきなり結婚にまで飛ぶんだもの。思考がついていかないわよ。

とりあえず、今は混乱していて正常な判断ができないのだということを伝えておきたい。

「あの、すみません。ちょっと、急に話が飛躍しすぎて……」

「あぁ、ごめん。熱が入ると周りが見えなくなっちゃって。僕の悪い癖だ」

私が遠慮がちにぎこちなく言うと、葛城さんは苦笑を漏らして、ぽりぽりと頭を掻いた。

「でも、そのくらい君を欲してるってことなんだよ。まだ会って間もないのにね。こんなこと初めてだ」

困ったようでいて甘さを含んだ笑みを浮かべる彼に、胸が掻き乱される。

今の彼には、初対面のときのような無関心さは皆無だ。こんな表情で求められたら、嫌でも意識してしまう。

どうしたらいいのだろう。結婚を前提としたお付き合いを容易に決めることはできないし、かといって彼の気持ちを無下にすることもできない。

「わ、たし……」

まっすぐ見つめてくる彼の瞳から目を逸らし、ドクドクとうるさい鼓動を感じながら、なんと答えたらいいか考えあぐねていた、そのときだった。

「倉橋さん」

私を呼ぶ声が聞こえ、はっとして振り向く。

一瞬、社長が戻ってきてくれたのかと思ったものの、廊下の先にいたのは、無表情でこちらを見据える氷室くんだ。

「氷室くん!」

いつからいたんだろう、全然気づかなかった。白衣の裾を揺らして、こちらに向かってくる彼は、チラリと葛城さんに目をやって言う。

「お取り込み中すみません。どうしても今聞きたいことが」

「あ、えっと……」

そうよ、すっかり意識が逸れてしまっていた。今は仕事中なのだから、こんな話を
している場合じゃない。でも、大事なお客様の相手をしているわけだし……。

迷う私に、葛城さんは白衣を脱ぎ、にこりと笑いかける。

「どうぞ話してて。僕はロビーで待ってるよ」

「すみません、すぐ行きますので」

気を利かせてくれたことと、どうしたらいいかわからない状況が中断されたことに
正直ホッとし、私もようやく帽子やマスクを取って頭を下げた。

そして葛城さんの白衣を受け取ろうとした際、彼の顔が私の耳元にふわりと近づく。

「僕は本気だから、ちゃんと考えておいてね。また今度話そ」

コソッと告げられ、心臓がドクンと一度強く鳴った。

とりあえず今日のところは話が終わっても、当然いつか決断しなければいけないときが来る。悩みすぎて胃が痛くなりそう……。

葛城さんは、氷室くんに首を動かすだけの会釈をすると、ポケットに両手を突っ込み、鼻歌でも歌いそうな軽い足取りで去っていった。

その後ろ姿を、彼が着ていた白衣を無意識にぎゅっと握りしめて見送る私の横で、氷室くんも同じほうを見つめて問う。

「あの方は?」

「ん……この間、社長と一緒に接待した人」

当たり障りなく答え、とにかく氷室くんの用件を解決しなければと、表情をきりりとさせて彼に向き直る。

「で、聞きたいことって?」

「ありません」

「……は?」

あさっての方向から、呆気ないひとことが返ってきたため、私はぽかんとしてしまった。

『どうしても聞きたいことがある』って言ったよね? どうしちゃったのよ、インテりくん。

意味がわからず氷室くんを凝視すると、彼は中指で眼鏡を押し上げて、淡々と説明する。

「倉橋さんが相当困ってるように見えたので、思わず声をかけてしまいました」

……嘘。私の状況を察して機転を利かせてくれたってこと？　氷室くんがそんなことをしてくれるとは。

肩の力が抜けた私は、呆れた笑いをこぼして頭を垂れた。

「そういうことかぁ……」

「すみません、余計なことをして」

「ううん。正直、本気で困ってたから助かっちゃった。ナイスよ」

無表情で謝る彼に、私は親指を立てて笑ってみせた。

本当に氷室くんが気づいてくれてよかった。今回ばかりは衝撃が大きすぎて、理系トークに持ち込んで話を逸らすこともできなかったもの。

社長には『問題ありません』と大口を叩いてしまったというのに……。まさか彼の言う通り、迫られることになるなんて。

早々に笑顔が消えて深く息を吐き出す私の顔を、氷室くんが心なしか探るような瞳で覗き込む。

「大丈夫ですか?」

静かに確認され、先ほどのことを思い返して胸がざわめく。ひとつ息を吸って気持ちを切り替え、「大丈夫よ」と笑みを向けた。

今はプライベートなことは置いておいて、葛城さんの案内を続けないと。そのうち社長も戻ってくるだろうし。

わずかに心配そうな顔を見せる氷室くんから離れ、心を無にするために頭の中で円周率を唱えながら歩きだした。

何事もなかったようにするのよ、綺代。社長との約束を破ったと思われないように。

キス百回の刑は、なんとしてでも避けなければ……!

唇の距離をゼロにする自然現象

　氷室くんと別れたあと、ロビーからミーティングルームに向かう間は何事もなく、葛城さんを部屋に通して、間もなく社長も戻ってきてくれた。

　専務や生産課長も交えて行った、チョコレートの試食会。葛城さんはここでも率直に感想を述べ、ためになるアドバイスもくれて、私はそのすべてを逃さないようメモしていた。

　真剣に話す彼からはスイーツに対しての情熱が窺《うかが》え、その姿はとてもカッコいいなと素直に感じる。しかし、ときどき目が合うと、密かに甘い笑みを向けられ、そのたびに私は内心どぎまぎしてしまった。

　こうして今日の会は無事に終わり、葛城さんとサンセリールとの繋がりは、またひとつ濃くなったような気がした。……ついでに、彼と私との関係も。

　この日、帰宅した私は、定休日で家にいた母にケイコクでの葛城さんとの一部始終を聞き出していた。

　ダイニングテーブルの向かい側に座る母は、かなりの上機嫌で夕飯のから揚げを皿に取り分けている。

「丈くん、とっても可愛くて素敵な子じゃない！　チョコレートも作ってるパティシエさんなら、綺代とも話が合うと思って、めちゃくちゃアピールしちゃった」

「えぇー……〝丈くん〟って」

アピールしたことより、すでに名前で呼ぶようになっていたことに軽く引く。

から揚げにレモンを絞る私の隣に座る紫乃ねえは、缶ビールのプルタブをぷしゅっと開けて言う。

「最近あんたの周りにイケメン出現率、高くない？　一匹くらい捕獲しなさいよ」

「巷《ちまた》で流行《はや》りのゲームみたいに言わない」

すかさずひと太刀《たち》浴びせるも、なぜか母も便乗してくる。

「丈くんはレアよ！　あんなに綺代のこと気に入ってくれる子、きっとなかなかいないから」

なにげに失礼な母を据わった目で睨むと、紫乃ねえが目を丸くして私のほうに身を乗り出してくる。

「えっ、気に入ってくれてるの？　ならなにも迷うことないじゃない！　処女卒業おめでとー」

「紫乃！　もうちょっとやんわりと言いなさい、やんわりと」

ツッコミどころ満載で言いたい放題のふたりに呆れ、私は素知らぬ顔でから揚げを頬張った。そして、ぼんやりと考えを巡らせる。

彼女たちの言う通り、葛城さんは容姿も整っていて、パティシエとしての確固たる地位を築き上げている超優良物件だ。そんな人が私に好意を寄せてくれる奇跡は、今後二度とないと重々承知している。私が彼の手を取りさえすれば、きっと明るい未来が待っているはず。

……それなのに、なぜだろう。手を伸ばすことをためらってしまうのは。

以前にも似たようなことがあったな。あれは、そう、甘利さんと寿司屋で再会したときだ。

あのときも、すぐ掴めるところに幸せがあったのに、自ら手に入れないという非効率的な道を選んだ。

それは明確な理由があったからではなく、なんとなく〝この人ではない〟と感じたから。今もまったく同じ感覚を抱いている。もしかしたらこれが、本能というものなんじゃないだろうか。

今回も、本能が感じるままにお断りしたほうがいいのか、それとも合理的に考えてお付き合いをするべきか……。

しばらく悩んでみても、その答えは今のところ選べそうになかった。

不安定な梅雨空の下、出勤途中で会った咲子ちゃんと一緒に、私はサンセリール本社へと向かっている。

突然交際を申し込まれたあの日から数日、葛城さんからのアクションは特になにもない。彼は忙しいに違いないし、連絡先も交換しなかったから、なにもできないと言ったほうが正しいのかもしれない。

保留にしている返事をいまだに決めかねている私は、とりあえず同志に相談したいのだけれど……。

「今日、いちじくのドライフルーツとペーストを持ってきたんです！　楽しみだなぁ、研究」

咲子ちゃんはドライいちじくの写真がついた袋と、オレンジがかった茶色のペーストが入った小瓶をバッグの中から取り出し、ワクワクした様子で私に見せる。

これはもちろん、媚薬チョコレートの研究に使うもの。やっぱりいちじくが一番いいのでは、と話がまとまり、咲子ちゃんが気を利かせて調達してきてくれたのだ。

社長に『媚薬なんて必要ない』と言われて以来、私の中で迷いが生まれてしまい、研究への熱が若干冷めつつある。

しかしふたりはやる気満々で、休憩中もだいたいこの件について話し合っている。おかげで、恋愛相談をするのもためらってしまうという……。

まぁ、自分の恋愛に使うかどうかは別として、単純に媚薬チョコレートの効果については気になるし、ふたりの意欲を無駄にさせたくないから研究は進めてみよう。

私は小瓶を受け取り、観察しながら咲子ちゃんに笑いかける。

「ありがとね、さっこちゃん。このペーストで作ったら普通に美味しそう」

「ね〜。ただ、種のプチプチ感が吉と出るか凶と出るか、って感じですね」

いつも通り色気のない会話をして、本社のエントランスをくぐり、いつも通り仕事を始めた。

そうして今日も平穏に過ごしていると、昼前に生産課から電話がかかってきた。その内容は、私が担当している発売前の新商品のラインテストが終わったというもの。

同じチームメンバーの咲子ちゃんと一緒に、さっそく工場に向かった。

キャラメルのクリームが中に入っているチョコレートを試食する私たちに、生産課の係長が確認する。

「どうかな?」

「うーん、中のクリームが気持ち硬いかな、と……」

「試作したときは、もっとなめらかでしたよね」

想定していた仕上がりと若干異なっていて、私たちは難しい顔をする。

研究室ではうまく作れていたものが、製造ラインではそうもいかないというのは、よくあることだ。改善点を洗い出し、再度練り直さなければ。

「課長にも相談して、レシピを変更してみます」

「了解。ラインの都合上、明日の朝イチでもう一度テストをやれると助かるんだけど、できそう?」

少し心配そうに問われ、私は思案する。

明日の朝イチということは、今日中にレシピを修正しなければならない。別件の仕事もあって正直厳しくても、ぬるいことは言っていられない。

今日は残業決定だなと腹を括り、「なんとかやってみます」と返した。

研究課に戻ってから、私は昼休憩もそこそこに、チームメンバーと原材料や配合の見直しを始めた。

総合して何十回目にもなる試作を行い、これでどうだ！と納得いく仕上がりのものができたときには、すでに終業時間の午後五時を一時間以上過ぎていた。

「あー、やっとできた～！」

「皆、お疲れ様」

研究室で、達成感と解放感に満ちた声を上げるメンバーに、課長が労《ねぎら》いの笑みを向けた。

私も大きく伸びをして、試食の後片づけをしながら、チームではないにもかかわらず手伝ってくれていた氷室くんに声をかける。

「氷室くんまで付き合わせちゃって、本当にごめんね。でも助かった、ありがとう！」

「いえ。なんとか間に合ってよかったですね」

常にポーカーフェイスの彼も、今はわずかに口角を上げている。眼鏡がよく似合うクールな美顔に生まれた笑みを見たら、心なしか疲れが飛んでいくような気がした。

そして、今夜は友達との食事の約束があるというのに、嫌な顔をせず取り組んでくれた咲子ちゃんにもお礼を言う。

「さっこちゃんもありがと！　あとは私がやっておくから」

修正したレシピをまとめるのは、たいした作業ではないし、残っている自分の仕事まで手伝わせる気はもちろんない。それなのに、人がいいふたりはまだ残ろうとしてくれる。

「ここまで来たら最後まで手伝いますよ」

「僕にもできることがあれば」

「ありがとね。でも大丈夫よ。氷室くんは昨日も残業してたし、さっこちゃんは女子会が始まっちゃうでしょ？　遠慮しないでほら、帰った帰った」

私はふたりの背中を押して、事務所のほうへと無理やり追いやった。

「本当に大丈夫ですか？」と心配してくれた咲子ちゃんは、私が押しきると申し訳なさそうな笑みを見せて帰っていった。

氷室くんも渋々といった感じで身支度を整え、他の皆も徐々に事務所をあとにしていく。ひとりデスクに座った私はパソコンに向かい始めた。

そうしてすぐ、デスクにコトリとなにかが置かれる。キーボードを打つ手を止めて目をやると、それはいい香りを立ち上らせるカフェオレが入ったマグカップだった。

驚いて隣を振り仰げば、黒いTシャツ姿が新鮮な氷室くんが立っている。

「え、淹《い》れてくれたの？　氷室くんがこんなことしてくれるなんて珍しい」

というか、初めてじゃない?と思い、正直な発言をすると、彼は見るともなしにカフェオレに目線を落として、ぽつりとこぼす。

「……なぜでしょうね。この間から、倉橋さんを見てるとなにかしてあげたい気持ちになるんです」

〝この間〟というのは、氷室くんが葛城さんとの間に入ってくれたときのことだろうか。確かに、彼が仕事以外で私に気を使ってくれることはこれまであまりなかったから、あのときも驚いた。

しかし、どうして世話を焼きたくなるのか、氷室くん自身もわかっていないようだし、当然私にもわからない。

お互いに神妙な顔をして考え込んでいると、彼は我に返ったように動きだし、自分のデスクのほうに回りながら言う。

「あまり無理しないでください。最近、思い悩んでるような顔をしてるときもありますし」

いつもの抑揚のない口調で放たれた声に、私は目を丸くする。葛城さんとのことで悩んでいても、表面には出していないつもりだったのに。

「そ、そう?」

「はい。話くらいは聞きますからね」

センスのいいリュックを片方の肩にかけた氷室くんは、最後にまた気遣ってくれるひとことを残し、事務所のドアのほうへ向かう。

彼の観察力はすごい。カフェオレを選んでくれたのも、きっと私がよく飲んでいるのを見て、好きなことを知っていたからだ。

じわじわと嬉しさが広がり、私は笑顔で「ありがとう！」と声を投げる。振り返った彼も、ほんの一瞬柔らかく微笑んでくれた。

氷室くんが出ていき、ひとりになった私は、温かいカフェオレに口をつけてひと息つく。

あとひと頑張りだ、と気合いを入れて再びパソコンに向かい始めたとき、遠くのほうでゴロゴロと音が鳴り始め、ギクリとする。

目を向けた窓の向こうには、今にも雨が降りだしそうな黒い雲が広がっていて、すでにだいぶ暗くなっていた。

「やだな……どうか雷がこっちに来ませんように」

両手を合わせ、真剣に祈る。実は私は雷が大の苦手なのだ。あの放電現象ほど恐ろしいものはない。

とにかく早く終わらせよう！と、急いで残りの仕事に取りかかった。

……しかし、修正したレシピを生産課に送ってひとまず安堵したのもつかの間、今日の分の研究データをまとめている最中に、急に雨が強く降りだした。雷もゴロゴロ鳴っているし、ピカッと閃光《せんこう》が走るたびに肩を震わせている。

「あぁ、もう嫌……なんで今日に限って雷雨なのよ〜」

半泣き状態でカタカタとキーボードを叩く私は、無様な顔になっているに違いない。

家ならだいたい家族がいるし、テレビを観たり音楽を聴いたりすれば気を紛らわせられる。なのに、よりによってひとりで残業中にこんなことになるとは、今日は本当にツイていない。

怯えながらも、早く家に帰りたい一心でなんとか仕事を続け、あとひと息で終わろうかというときだった。

一瞬空が明るくなったかと思うと、この世界が割れるんじゃないかというくらいの大きな音と地響きが身体に伝わり、目の前が真っ暗になった。

「きゃあぁぁ〜っ‼」

両方の耳を塞ぎ、思わず悲鳴を上げて、椅子から転げ落ちるようにしてフロアにうずくまる。

い、い、今の、絶対近くに落ちたよね⁉　嫌だ、怖い……誰か助けてぇぇ！

停電のおかげで、暗黒の異世界に迷い込んでしまったような気分でガタガタと震えていたそのとき、ガチャリとドアが開く音と同時に、男性の声が闇を切り裂いた。

「どうした⁉」

「ふぇ……っ？」

焦燥を滲ませた声に続いて、情けない声を漏らした私は、両手で頭を抱えたまま目を開ける。

ドアのほうに視線を向ければ、そこに立っていた誰かがこちらへ向かってくるのが、かろうじてわかる。

「綺代！」

私をそう呼ぶ、社内で唯一の人を認識した瞬間、心の中に光が射し込んだような気がした。

「しゃ、しゃ、ちょう……⁉」

今の私には正義のヒーローに見える社長は、手探りでデスクの間を通ってこちらに向かってくる。

ドアに一番近い島は、壁側に四台、研究室側に四台あるデスクを向かい合わせた八台から成る。そのうち、研究室側の三台目にあたる私の元に、彼はすぐたどり着いた。しゃがんで正面から私の肩を優しく掴む彼の心配そうな顔が、暗がりに慣れてきた目に映る。私は涙を拭《ぬぐ》うのも忘れ、ぽかんとするだけ。

「なんでここに……」

「さっき課長に会って、話の流れでお前が残業してることを聞いたんだ。たまたま俺も残ってたから、まだいるなら家まで送ってやろうかと思って来てみれば……」

社長は苦笑を浮かべ、大きな手で包み込むように、そっと髪を撫でる。

「停電でそんなに怖がらなくても」

子供をあやすように撫でてくれる彼の手に安心感を抱き始めても、根深い不安は完全に取り除くことはできない。

「停電じゃなくて、雷が怖いんです。……私の父は、落雷で感電して亡くなったので」

次第に目線を下に落とし、震えた声で打ち明けると、髪を撫でる手の動きがぴたりと止まった。

年間二十人ほどいるという落雷による感電事故に、まさか自分の父が遭ってしまうとは思いもしなかったし、信じられなかった。

父が亡くなった当時は、ただの雨の日ですら家から出られないほど怖かったものの、なんとか克服して今に至る。それでも、雷だけはやっぱり耐えられない。

「屋内にいれば比較的安全だという科学的根拠があっても、どうしてもダメなんです。いつ自分の身にも、何百万ボルトの電圧が流れるかと思うと――」

また泣きそうになって早口でまくし立てていると、真っ暗な事務所が一瞬明るくなり、再びガラガラと轟音《ごうおん》が鳴り響く。

「きゃぁ～！」と意気地のない声で叫び、思わず目の前の社長の胸にしがみついた。

彼の腕が、しっかりと私を包み込んでくれる。その感覚はなによりも頼もしくて、徐々に恐怖が和らいでいく。

「よしよし。怖くない、怖くない」

おまじないを唱えるようにしてぽんぽんと背中を叩かれ、ふいに懐かしく愛おしい記憶が蘇ってきた。

……そういえば、私の雷嫌いは父が亡くなる前からだったっけ。大きな音に怯える小さな私を、父も同じように抱きしめてあやしてくれていたことを、今思い出した。

だからだろうか、この腕のぬくもりがとてつもなく心地いいのは。今求めていたものはまさにこれだ、と思うくらい。

しばらく目を閉じて、爽やかかつ甘い香りがほのかにする胸に身を委ねていた。そうしていくらか落ち着きを取り戻すと、今度は急激に恥ずかしくなってくる。

はぁ、私……なんという醜態をさらしてしまっているんだろう。私にとってはトラウマであっても、人にしてみればたかが雷。大の大人がこんなに取り乱したりして、社長は呆れているに違いない。〝よしよし〟されるとか、完全に子供扱いをされてい るし！

抱きついてしまったことを激しく後悔し、離れようとしたとき、こんなひとことが投げかけられる。

「よくひとりで頑張ってたな。もう俺がいるから大丈夫だ」

からかうでもなく、私の心情に寄り添ってくれる優しい声が、雷の音も雨の音も掻き消してくれるようだった。離れたくなっていた気持ちは呆気なく萎《しぼ》んでしまい、このまま甘やかされていたくなる。

これじゃあ本当に子供だ、と自覚しつつもじっとしている私の耳元で、社長の甘い声が響く。

「だから、泣くなよ。泣き顔も可愛いが、あまり見たくはない」

な、泣き顔も可愛い？　それは一周回って嫌味だったりするのかしら。

彼の言葉を本気に取ることなどできずにいると、少し身体が離される。反射的に顔を上げたら、なぜか片手で眼鏡が外されてしまった。

いったいなんなのかと困惑した直後、ぼんやりした視界でもわかるほど間近に彼の唇が迫ってきて、思わずぎゅっと目を閉じる。次の瞬間――。

「ひゃっ⁉」

目尻の辺りに柔らかなものが触れる感覚に驚き、声を裏返らせてしまった。

間髪入れずに、反対の目尻にも唇が触れる。なにがなんだかわからずどぎまぎしているうちに、今度はざらついた舌に頬を軽く舐められ、小さな悲鳴を上げると共に、ビクッと肩が跳ねた。

ま、まさか社長、私の涙を舐め取ってくれているの⁉

「やっ、待って、涙を拭ってくれるなら手で……！」

「眼鏡と、お前を抱くので塞がってる」

胸を押して制するも、平然とした彼はまったく意に介していないし、私の背中に回した手も離そうとしない。

そうして再び顔が近づき、唇の端にまでペロリと舌が這わせられる。

「んっ！　もう、やめ……っ」

羞恥心でいっぱいになり、熱い顔で社長を睨みつけようとした。

しかし、息遣いを感じるくらい近くにある色気を帯びた瞳に捕らえられれば、まるで魔法にかけられたように動けなくなってしまう。

顔立ちにも性格にも、肉食獣のような力強さと、紳士的な秀麗さを併せ持ったこの男。泉堂達樹にだけは、他の人とは違う〝なにか〟を感じる。こうして視線を絡ませているだけで、余計な思考が飛んでいってしまうような――。

射るように見つめていると、いつの間にか唇が重ねられていた。私はそれを抵抗もせず受け入れ、静かに目を閉じた。

今大きく鳴っているのは雷ではなく、自分の心臓の音だと気づく。あれほど恐れていた雷鳴は遠くに聞こえて、もはや怖さは感じない。

何度目かのキスは愛《め》でるように優しくて。ドキドキした心が、羽毛に包まれているみたいな安堵感を覚えた。

やっぱり不思議。社長にキスされるのは、決して嫌いじゃない……。

しばらくついばんだ唇が離されると、色っぽい表情の社長は吐息をこぼし、次いで嘲笑を浮かべる。

「ダメだな、俺。お前のそばにいると衝動を抑えられない」

ドキン、と心臓が揺れた。

それは、本能で私に触れたくなるという意味なのだろうか。女として光栄なことなのだろうが、求められているのがキスだけだとすると、あまり喜ばしいことではないような。

複雑な気分になって、「抑えてくださいよ」とボソッと呟くと、彼はクスクスと笑った。

というか、付き合ってもいないのにまたキスをしてしまった……！　どうしていつも流されてしまうんだ、私は。

恥ずかしさと気まずさ、そして自分への落胆が少々交ざり合う。俯きがちに、ようやく緩められた社長の手から眼鏡を受け取った。

唇の感覚と涙がうっすらと残る目を、ゴシゴシと手の甲で拭ってから眼鏡をかけていると、その様子を見ていた社長がひとりごとをこぼす。

「綺代って、誰かに似てると思ったら、あいつか……」

その発言が気になり、乱れた長い前髪を直して問いかける。

「あいつ？」

「……大切なやつだ。もう俺のものではないけどな」

切なげな微笑みと、哀愁が漂う声を聞いた途端、胸の奥で不穏な音がした。

今の言葉を裏返せば、一時は彼のものだった大切な人がいるということだ。私が似ているということからしても、女性であるに違いない。

社長の元カノ……だよね、きっと。この社長様だもの、付き合った女性は両手を使っても数えきれないほどいるかもしれない。でも今、彼が思い浮かべているであろう女性は、その中でも特別な位置にいたんじゃないだろうか。

伏し目がちな彼を見ていると、なんとなくそんな気がして、心が錆《さ》びつくようななんとも言えない感覚を覚えた。

さっきまで心地よかったのにな……。どうしてだろう、気持ちがざわつくのは。

黙り込んで原因を探ろうとしていたとき、ぱっと視界が明るくなり、少しだけ目が眩《くら》んだ。

「お、やっと復旧したか」

そう言って立ち上がった社長が、身を屈めて私に手を差し伸べてくれる。

なぜか胸がきゅっと締めつけられるのを感じつつ、「すみません」と言って、遠慮がちに手を重ねた。

私も立ち上がり、明るくがらんとした事務所を見回すと、一気に現実に引き戻される。雷はやっと気にならないくらいに収まり、雨も小降りになっているようだ。

途中だった作業を思い出し、落ちてしまったパソコンを再起動させる私に、社長が問いかける。

「データは大丈夫か？」

「はい、おそらく。心配だったので、一応こまめに保存していましたから」

「さすがだな。じゃあ早く終わらせて、一緒に帰ろう」

隣の咲子ちゃんのデスクに腰を下ろしながら口にされたひとことに、キュンとしてしまった。

待っていてくれるのも、『一緒に帰ろう』というセリフも、まるで恋人同士みたいじゃない。

キスまでしておいて、こんなことにときめいているのはおかしい気がするが、私は素直に「はい」と答え、緩む口元を結んだ。

そして、雷に怯えていた先ほどとは打って変わってサクサクと作業を進めていると、ふいにこんな問いかけが投げられる。

「そういえばこの前、葛城さんが来たとき、俺がいない間になにもなかったか？」

ギクリとして、調子よくキーボードを打っていた手が一時停止してしまった。

そうだ。あれ以来、社長と会う機会がなかったから、確認されていなかったのよね。やばいやばい、普通にしていなきゃ。普通に……。

私はくるりと隣を向き、明るく笑ってみせる。

「あるわけないじゃないですか」

「……ふーん」

気のない返事をする社長は、なんとなく訝《いぶか》しげに見える視線をこちらに向け、脚を組んだ。

決まりが悪くなってパソコンに目を戻すと、彼はあえて私に聞かせるようにひとりごちる。

「万が一、今のが嘘だったとしたら、キス百回じゃ済まないな」

ドキッと動揺したのがバレないよう、「嘘じゃないですから」と、手を振ってごまかす。

気だるげに片手で頬杖をつく彼は美しい笑みを浮かべていて、私の心の内を見透かしているようなそれが恐ろしかった。

私と社長の関係は、どんどんおかしなことになっている。恋人ではないのにキスをしたり、他の男性との付き合いを制限されたり。

それを嫌だと思わず、むしろ若干嬉しく感じてしまっている私もどうかしている。

付き合ってほしいと言ってくれている葛城さんにすら、こんな気持ちにならないのに。

この謎の心情を理論的に説明したくても、それは非常に困難な気がする。

そこまで黙考して、最後の入力を終えてエンターキーをトンッと押したとき、ひとつの答えがふと思い浮かんだ。頭の中を駆け巡るのは、以前社長が放ったひとこと。

『本能に正直になれ』

……そうか。なぜ社長は特別なのか、その答えは簡単に導き出せたのに、私が難しく考えていただけだったんだ。

さっき、彼の元カノらしき人のことを聞いて胸がざわついたり、彼の腕の中が心地よかったり。そう感じたことがすべてを物語っているじゃない。

よく言われる〝恋愛は理屈じゃない〟という文句の意味を、今初めて理解できた。

私の本能が求めているのは、おそらく——今隣にいる、過保護な狼なのだ。

恋愛の方程式ほど難解なものはない

泉堂社長のことが、好き。

その気持ちを自覚してから、初めて気づいたことがある。私は、彼氏がいないという以前に、誰かを本気で好きになったことがなかったのだ。

だって、気品ある立ち居振る舞いをする彼の姿を社内で見かけたり、偶然すれ違うときに含みのある笑みを向けられたりするだけで、心拍数が上がって顔が熱くなるなんてこと、これまでになかったから。

それと、彼が大切な人のことを想って見せた切なげな表情を思い出して、胸が苦しくなることも。

私はその人に似ているという。もしかしたら、社長は別れた彼女を私に重ね合わせているのかも……。

そう推測すると、シクシクと胸が痛む。これが恋の病と呼ばれるものだということも、初めて知った。

二十七歳にして初恋か……深く考えるとなんだか寒気がしてくるからやめよう。

それより私がするべきことは、葛城さんにちゃんと返事をすることだ。他に好きな人がいるという明確な理由ができたのだから、申し訳ないが、お断りしなければいけない。

もしかしたら、これから仕事をする際に多少気まずくなるかもしれない。でも、葛城さんも大人なのだから、そこはきっと割り切ってくれるはず。

しかし連絡先を教えてもらっていないため、私が取れる手段は、パティスリー・カツラギに直接行くか、店に電話するかのどちらかだ。

雷雨の残業から三日後の今日は、金曜日。

心の準備もできたことだし、仕事が終わってから行ってみよう。電話よりも直接話すに越したことはないいし、もし時間がなくても、改めて会う約束を取りつけられればいい。

そう決めていた私は、終業時間を迎えるとさっそく店に向かうことにした。

しかし、本社を出て数歩歩いたところで、急激に黒い雲が覆い始めた空に気づき、ロッカーに置いてある傘を持ってきたほうがいいなと思い直す。

急いで戻ろうと踵《きびす》を返したとき、バッグの中でスマホが鳴り始めた。取り出してみると、知らない番号がディスプレイに表示されている。

誰だろうかと首をかしげ、とりあえずスマホを耳に当ててみる。

「はい、倉橋です」

『こんにちは。葛城です』

向こうから聞こえてきた名前は、なんと今まさに会いに行こうとしていた人のもの。驚愕して思わず足を止め、目を丸くして叫ぶ。

「かっ、葛城さん⁉　なんで私の番号を⁉」

『ごめんね、突然。昨日またケイコクに行って、君のママに聞いたら快く教えてくれたから』

とんでもなくお節介な母！　勝手に教えないでよね……。

個人情報垂れ流しの母親に対しては、うなだれるしかない。まぁ、店に行かずして話すことができたから結果オーライか。

脱力する私の耳に、『そろそろ仕事が終わった頃かなと思って』という葛城さんの声が届く。とりあえず本社前の歩道の脇に移動して、そこに立ったまま話をすることにした。

いつ本題を切り出そうかとそわそわしながら、至って普通の会話をしていると、彼は明るい声でこんな提案をする。

『今度〝素晴らしき元素の世界〟っていう展覧会があるんだって。面白そうだから一緒に行ってみない？』

「本当ですか⁉　それはすっごく……」

元素と聞いてぱっと顔を輝かせ、つい乗ってしまいそうになり、口をつぐんだ。

いけないいけない、オイシイ話につられちゃダメよ。

いくら元素について語り合えるのが魅力的でも、葛城さんを期待させるようなことはできない。直接話したかったが、この流れになってしまった以上、今きちんとけじめをつけてしまおう。

一度唇を噛みしめ、声のトーンを落とす。

「……すごく興味があるんです、けど」

『けど？』

息を吸い、罪悪感を振りはらって思いを口にする。

「ごめんなさい、行けません。葛城さんの気持ちにも、応えられないんです。本当にすみません……！」

彼には見えないというのに、自然と頭を下げてしまった。

どんな言葉が返ってくるだろうかと、若干緊張して待つこと数秒、聞こえてきたのは落ち着いた問いかけ。

『どうして？』

「……好きな人がいるので」

正直に答えると、電話の向こうでため息が吐き出される。

『そっか……やっぱりね。たぶんダメだろうなとは思ってた』

苦笑交じりの、思ったよりさっぱりとした声が返ってきた。

葛城さん自身も、電撃的な告白だったから、断られる確率が高いと踏んでいたのかもしれない。

勝手に推測して少しホッとした次の瞬間、彼の口調も雰囲気も変わる。

『でも、僕はここで引き下がるほど往生際がよくないんだ。ついでに性格もよくない』

「え？」

さっきまでの柔らかさは消え、初めて会ったときのような刺々《とげとげ》しさが滲み出ている。

そして、無表情で気だるげに頭を掻く姿が思い浮かぶアンニュイな調子で、予想もしなかった発言を投下する。

『倉橋さんが僕を選んでくれないなら、サンセリールとの取引は白紙にさせてもらおうかな』

頭の奥で、重い鐘が打ち鳴らされたような感覚がした。

私が葛城さんと付き合わなければ、サンセリールは大きなビジネスチャンスを逃すことに……？

そんな交換条件、あんまりじゃありませんか⁉

ぽつぽつと冷たい雫《しずく》が瞼に落ちてくる。いつもなら、また雷が鳴り始めたらどうしようと不安になるところだが、今はそれどころじゃない。

「っ、ちょっと待ってください、白紙だなんて！」

『地位とかお金とか、だいたいのものは自分が努力すれば手に入れられるけど、人の気持ちだけはそうもいかないからね。ズルい手も使わせてもらう』

物申そうとした私に構わず、毅然とした声が放たれた。

葛城さんは、そうまでして私が欲しいというの？　こんな卑怯な方法で手に入れたとして、本当に満足するのだろうか。

押し黙っていると、張りつめた空気をわずかに緩めるような声色で彼が続ける。

『僕となら共通の趣味も楽しめるし、ゆくゆくは最高の生活を保証するよ。君の職場と協力することも約束するし、そうすればお互いに事業を拡大できる。メリットばかりで、すごく効率的だと思わない？』

「効率的……」

私の座右の銘のひとつとも言える言葉を口にされ、心がぐらついた。

確かに、葛城さんを選べばいいことだらけだ。逆に、社長への想いを貫いた場合はどうだろう。

社長は私を嫌っているということはないはず。さすがに嫌いな相手にキスはしないだろうから。

だからといって、好きだというわけでもないと思う。本能を大事にしている人だもの、きっと気まぐれでキスをすることもあるに違いない。

万が一好意を寄せてくれているとしても、忘れられない人を重ね合わせているせいかもしれない。

私の想いが実るかどうかもわからず、サンセリールは貴重なチャンスを失う。理性的に考えれば、どちらがいいかは明白だ。

それなのに、社長への恋心を手放すことをこんなにもためらってしまうなんて……。

『倉橋さんは頭がいい人だから、きっと正しいほうを選んでくれるって信じてるよ』

優しい口調に戻ったものの、どこか威圧感が交じる声が聞こえて、はっとした。

『じゃあ、また連絡するね』と続けられ、慌てて口を開く。

「葛城さ――」

呼んだときには通話は終了させられてしまい、大きなため息を吐き出してスマホを耳から離した。

気がつけば雨はしとしとと降っていて、ディスプレイにたくさんの雫が落ちていく。髪や服もしっとりと濡れているのに、動けない。

いったいどうしたらいいの？　こんな選択肢、意地悪にもほどがあるでしょ……。

苦悩していたそのとき、突然上から影ができて、雨が当たるのを感じなくなった。

ぱっと見上げれば、怪訝そうな顔をする氷室くんがいる。今本社から出てきたらしい彼は、自分の傘を傾けて私を入れてくれていた。

「どうしたんですか、傘も差さないで。風邪ひきますよ」

「氷室くん……」

無愛想な彼の小さな優しさが胸に沁みる。氷室くんって、どうして私が困っているときにいつも現れるんだろうか。

ふいに泣きそうになる私を見下ろす彼は、表情を変えずに核心を突いてくる。

「〝葛城〟って人と、なにかあったんでしょう」

ギクリとしつつ、無理やり口角を上げてみせる。

「……聞こえてた？」

「名前だけ。この間、工場に来てた人ですか？」

さすが鋭いな、と観念し、こくりと頷いた。

葛城さんに動揺させられている場面を二度も見られてしまうと、もうごまかせない。でも説明するには時間がかかるし、今はその気力がないため、冗談半分、本気半分でこんなふうに比喩してみる。

「思いがけず難しい問題を出されちゃったの。P対NP問題より難しいかも」

「そんな難題を出せる人がいるとは」

氷室くんが真顔で驚くから、私は小さく吹き出してしまった。

現代数学上の未解決問題の中で、最も重要な問題と言われるP対NP問題は、解けたら百万ドルがもらえるほどの超難問なのだ。

葛城さんからの選択がそれよりも難しいというのは、さすがに言いすぎだとしても、かなり頭を悩まされるのは事実。恋愛でのいざこざは初めてだし……。

力なく笑って目を伏せる私の頬に、ふいに温かなものが触れる。

手……だ。氷室くんの。

彼が私の顔に触れるという異常事態に驚き、目を丸くして見上げると、眼鏡の奥の先鋭な瞳がこちらを見つめていた。

ひとつの傘の下、思いのほか近くにあるその表情が切なげに歪む。

「……あなたにこんな顔をさせる彼が憎らしい」

静かな中にも悔しさや腹立たしさが滲む声がぽつりとこぼされ、ドキリとした。

こんな感情を露わにする彼は初めて見る。今の言葉にも、なんとなく深い意味があるように思えてしまう。

この間からちょっとおかしいよね、氷室くん……。研究のしすぎで頭のシステムが誤作動を起こしたのかしら。

「氷……室くん?」

彼らしくない言動に胸がざわめいて、動揺を隠せない。

とりあえず、頬に添えられたままの熱い手をどうにかしたくて、私のそれを重ねようとした、そのとき。

「倉橋さん!」

本社のほうから呼ばれたことで我に返り、氷室くんの手が離され、私はぱっとそちらを向く。

エントランスの屋根の下に立っているのは、久しぶりに会う社長秘書の綾瀬さんだ。

目が合うと、二重の瞳は穏やかに細められ、紅い唇がゆるりと弧を描いた。

彼女に声をかけられるとは思わず、私はあからさまに挙動不審になってしまう。

「あ、お、お疲れ様です……！」

「すみません、少しお話をしても？」

まだ勤務中らしき綾瀬さんは、私に向かってそう言った。

穏やかな微笑みを崩さない彼女からは、言い知れない怖さを感じる。それはきっと、私が彼女の〝裏〟を知っているから。

話って、なんだろう。私、接待のときのスパルタ指導以来、綾瀬さんが苦手になっちゃったのよね……。

内心ビクビクするも承知して、氷室くんに向き直る。彼はいつもの無表情に戻っているものの、秘めた情熱のようなものを垣間見てしまった今は、どこかセクシーさを感じる。

「氷室くん、ありがと。……また今度話すね」

雨よけになってくれたことのお礼と、葛城さんとのことを相談したい意思を示して微笑んだ。

氷室くんは小さく頷き、私をエントランスまで送ってくれる。そして「お疲れ様でした」と挨拶をして、雨の中を歩きだした。

彼を見送り、今度は出入口のドアの邪魔にならないよう隅に立っている綾瀬さんに歩み寄る。

すると、彼女は黒とグレーのストライプ柄の傘を差し出してきた。見た感じ、男性物のようだ。

「社長から、あなたにこちらを渡してほしいと頼まれました。傘を差さずに立っている姿が窓から見えたようですが、社長は来客中ですので」

「そうなんですか……！」

私は目を丸くして、上質そうな傘を一旦受け取る。

社長、私のためにわざわざ綾瀬さんに頼んだの？　ここまで心配してくれなくてもいいのに。

相変わらずの過保護さに、思わず頬が緩む。私を気にかけてくれたことが、素直に嬉しい。

今だけ難しいことを考えるのはやめ、傘を見下ろして社長の顔を思い浮かべていると、私を観察するようにじっと見ていた綾瀬さんが、ズバリこんなことを言う。

「倉橋さんは、泉堂社長のことが好きなのかしら？」

突然図星を指され、なんの準備もしていなかった私は、「へっ!?」とすっとんきょうな声を上げた。

顔が熱くなり、口をぱくぱくさせてあからさまに動揺する私を見れば、答えは一目瞭然だろう。綾瀬さんはクスッと嘲《あざけ》るような笑みを浮かべる。

「やっぱりそうなのね。かわいそうに」

『かわいそう』という言葉が冷たく響き、私はカチッと固まった。

あぁ。これはブラック綾瀬様、降臨の兆しが……。

でも、なんでかわいそうなの？

私の単純な疑問を読み取ったらしい彼女は、冷笑をたたえてこう補足した。

「社長は、あなたを通して別の人を見ているから」

嫌な予感に、ドクンと胸が波打つ。

心当たりがあるし、あまり聞きたくはないのに、相反して詳しく知りたがる気持ちもあり、口が勝手に動いてしまう。

「……どういうことですか？」

「彼の心には、特別な人がずっと棲《す》みついてる。倉橋さんはその人に似てると聞いたわ。つまり、あなたは代わりでしかないのよ」

抑揚なく諭すような彼女の声が、身体を濡らした雨と一緒に沁み込んで、心まで冷やしていくようだった。

推測した通り、社長にはずっと大切な人がいて、私自身に好意を抱いてくれているわけではないんだ。

仮説が実証されたら、だいたいは嬉しくなるものなのに、今は気持ちが重く沈み込んでいく。

さらにトドメを刺すように、綾瀬さんはきっぱりと宣言する。

「彼女を超えることはきっとできない。あなたにも……私にも」

最後のひとことは、目を伏せる彼女の口から力なくこぼれ落ちた。その美しい顔からは、いつの間にか笑みが消えている。

やっぱり、綾瀬さんも社長に想いを寄せているのだろう。でも、毎日彼のそばにいて、詳しい事情を知っているらしい彼女ですら、振り向かせることはできないというのか。

それほどまでに、社長の中に居座る存在が大きいのかと思うと、自分なんて見向きもされていないのだと自嘲的になる。

濡れたパンプスのつま先に目線を落としていると、綾瀬さんは口調を平静に戻す。

「さっき一緒にいた彼は、研究員の氷室さんでしたっけ。だいぶ親しそうに見えましたが」

「いえ、その、親しいわけでは……！」

目線を上げて一応否定した私に、彼女は〝真実はどちらでもいい〟というような調子で毅然と言い放つ。

「もしも他の男性にアテがあるなら、そちらへ行かれることをお勧めします」

胸が、錆びついた金属のようにギリギリと音をたてる感覚がした。

綾瀬さんは氷室くんのことを言っているのだろうけど、私にとってのアテは葛城さんになる。

どちらにせよ、社長以外の人を選んだほうがいい、ということだ。

天秤《てんびん》が、葛城さんのほうへと若干傾けられる。あとは自分が納得すればいいだけ。

……でも、それが一番難しい。

肩を落とす私に、綾瀬さんは軽く頭を下げてビルの中に戻ろうとする。

私は傘を手に持ったままだったことを思い出し、長い髪をなびかせる綺麗な後ろ姿に向かって「綾瀬さん」と呼びかけた。

振り向く彼女に、傘を差し出す。自分のものを取りに行くつもりだったし、それに……私に向けられたものではない社長の善意は受け取れない。

「すみません、これはお返しします。せっかくなんですが、事務所に置き傘があるので大丈夫です、とお伝えください」

淡々と告げる私をじっと見据えたあと、彼女は完璧な秘書の笑みを作り、「わかりました」と承知して傘を受け取った。

すぐには動かず時間を置いて、綾瀬さんが去るのを見届けてから、私も研究課へ戻った。

色気のない無地の傘を差して、雷が鳴ることもなく静かに降り注ぐ雨の中を歩く。濡れた髪や服は乾いてきても、心は冷えきっている。

難解なだけならまだしも、胸に痛みまで伴うとは……恋愛の方程式は、本当に厄介だ──。

幸せな擬似体験の終末理論

休み明けの月曜日、私はマスクで顔半分を覆って出社した。土曜日からなんとなく喉に違和感を覚え、徐々に体調が悪化して鼻水も出るようになってしまったのだ。といっても、軽い風邪だから仕事に支障はない。

鼻をぐすぐすと鳴らしてデスクに着く私を、すでにメールチェックを始めている咲子ちゃんが心配してくれる。

「綺代さん、風邪？　大丈夫ですか？」

「ん。鼻水が出るのと喉がおかしいだけで、たいしたことないよ」

「P対NP問題のせいですか」

明るく答えたあと、白衣を羽織りながら私たちの向かいのデスクにやってきた氷室くんが、さりげなく自然に交ざってきた。

確かに、ただ雨に濡れたせいだけじゃなく、例の問題で気力を使ってしまったせいでもあるかも。

直接的に言わない氷室くんがなんだかおかしくて、私は軽く笑い「それもある」と答えた。咲子ちゃんは意味を汲み取れないといった様子で、キョトンとして私たちを交互に見ている。

昼休みにでもふたりに相談しようと決め、私はとりあえずティッシュで鼻をかんだ。


順調に業務は進み、迎えた昼休憩。私たちは各々用意した昼食を持って、本社から徒歩二分の公園に向かった。

七月中旬に差しかかる今日はすっきりと晴れていて、暑くても木陰にいれば気持ちよく過ごせる気候だ。

ひとつのベンチに氷室くんが、その隣のベンチに私と咲子ちゃんが並んで座り、お弁当をお供に葛城さんとのことを白状した。案の定、氷室くんは無表情を崩さずに聞いていて、咲子ちゃんは正反対に表情をコロコロと変えている。

電話での件を話した今、彼女は顔をしかめてお怒りになっているところだ。

「突然、結婚前提の交際を申し込んできて、それを断ったら取引しないって⁉　どんだけ自己中なんですか！　ロクな人じゃないですね！」

それがね……さっこちゃんの大好きなパティスリー・カツラギのオーナーシェフなんだよ……とは口が裂けても言えない。

私はぎこちなく笑い、卵焼きをひと口かじって思考を巡らす。

かなり勝手だなぁと私も思うけれど、葛城さんもただ私を困らせたくて言っているわけではないから、邪険にできないのよね。

「悪い人ではないし、嫌いなわけでもないんだよ。だから、この会社に……社長に迷惑をかけるくらいなら、彼と付き合ったほうがマシなんじゃないかとも思う」

私のせいで、社長が目指している事業を中断させてしまいたくはない。もしもそうなったら、きっと後悔するだろう。

暑い日差しを受けるカラフルな遊具を、ぼんやりと眺めながら本音を漏らすと、氷室くんがなにげなく言う。

「倉橋さん、社長のことが好きなんですね」

「うん……んっ⁉」

普通に認めてしまったことに数秒後に気がつき、一気に顔が熱くなった。

しまった、今日は葛城さんのこと以外は留めておくつもりだったのに……！　なぜ見抜かれたの⁉

咲子ちゃんはキラキラと目を輝かせ、お弁当もそっちのけで私の腕を掴む。

「やっぱりそうだったんだ！　言ってくださいよ、水くさいじゃないですか～」

この言い方からすると、咲子ちゃんも見当がついていたらしい。食事をしたとき以来、社長の話はしていなかったのに。

「な、なんでわかったの?」

「綺代さん、最近さらに綺麗になったから、恋してるのかな?とうっすら思ってました。そうだとすれば、考えられる人って社長くらいしかいないので」

ニンマリする咲子ちゃんの意見を聞き、恥ずかしさが増す私は、火照る頬を両手で覆った。

もしかして、肌ツヤがよくなったような気がしたのって、EPAとDHAのおかげではなかった? あのときすでに、私は社長に恋をしていたということだろうか。

信じられない気持ちになっていると、早々と食べ終えたコンビニ弁当を片づける氷室くんも自論を説く。

「あれだけ恋人を欲しがってた倉橋さんが交際を受けないなんて、なにか特別な理由があるとしか思えません。社長のことを相当気にしてることからしても、彼に想いを寄せてると考えるのが自然でしょう」

淡々と述べられる考察に、なるほど、と納得する。意外と自分自身では気づけないものだ。

「好きな人を困らせたくないですよね、普通は」

付け加えられたそのひとことには実感がこもっているように感じ、咲子ちゃんと一緒に彼を見やる。

「氷室くんも恋愛したことあるの？」

意外だ、とでも言いたげな咲子ちゃんの問いかけの答えを、私も興味深く待っていると……。

「今してます、おそらく。倉橋さんに」

さらっとそんな言葉が返ってきて、私たちは一瞬ぽかんとした。

氷室くんも恋をしているらしい。私に。

「……えぇぇっ⁉」

意味を理解し、ふたりして驚愕の雄叫《おたけ》びを上げた。私は風邪と、驚きすぎたせいでごほごほと咳き込み、木で羽を休めていた鳥もバサバサと飛び立っていく。

嘘……。冗談じゃなく？　彼のシステムエラーは恋のせい⁉

口を片手で覆い、無意識に咲子ちゃんと身を寄せ合って固まる。

電撃的な告白を、この短期間に二回もされてしまうとは。私にもモテ期というものがあったのか……。

「つい最近気づいたんです。いくら理論的に考えても説明できない感情があって、それこそ恋なんじゃないかと」

氷室くんは脚を組んで缶コーヒーを開け、涼しげな顔を変えずにそう言った。

社長への想いを自覚したときの私と、どうやら同じことを感じたらしい彼は、遠い目をして前方の遊具を見つめながら続ける。

「きっかけがなんだったのか、はっきりとはわかりません。が、相手のためになにかをしてあげたいとか、自分より相手のことを優先したいという自己犠牲の精神を持ったときには、その人を好きになってると言っていいんじゃないでしょうか」

その言葉のひとつひとつは、彼だけでなく自分にも当てはまっているような気がして、ストンと胸に落ちていった。

効率よく、合理的に恋人を作りたいと思っていたけれど、そんなことできるわけがなかったんだ。面倒くさくて、頭と心が別に動いて。傷ついてもいいと思えるほど、ある意味で異常な感情が恋というものなのだから。

なにも解決はしていなくても、恋に落ちている自分を客観的に捉えられたことで、少し胸がスッとした。

「だから、倉橋さんには本当に好きな人と幸せになってもらいたいと思ってます」

こちらを向いた氷室くんは、迷いのないしっかりとした口調で応援してくれる。自分の気持ちをよそに私の幸せを願ってくれる彼に、胸がじんとして、私は「ありがとう」とお礼を言った。

咲子ちゃんも優しく微笑み、どことなくセンチメンタルになった空気を明るくするように茶化す。

「氷室くん、なんか人間らしくなったねぇ」

「もともと人間です」

間髪入れずツッコミを入れるいつもの彼に笑っているうちに、気分はだんだん晴れてきていた。

誰かのために自分の気持ちを封印する。それも、恋愛のひとつの形なんだ――。


昼食を終え、公園から戻ってきて本社のエントランスに入ると、綾瀬さんと話しながらこちらに歩いてくる社長と出くわした。

モデルと見紛うようなスーツ姿。ナチュラルにセットされた緩くうねる髪。真剣な表情。そのすべてはずっと見ていても飽きないのに、今しがた彼のことを話していたばかりで恥ずかしさと気まずさが入り交じり、目を逸らしてしまう。

これからのスケジュールを確認するふたりの声が私の横を通り過ぎていくとき、視線を合わさずに軽く頭を下げた。

数ヵ月前まではいつもこんな感じだったなと、ふと思う。本来なら、一研究員でしかない私が社長に近づくことなどできなかった。

彼と話せて、名前を呼んでもらえて、恋を教えてもらえたことだけで十分だ。それ以上を望むなんて、贅沢《ぜいたく》にもほどがある。

諦めを感じながら、午後の仕事も乗りきって帰途につき、少々だるい身体でベッドに寝転がると、いつの間にか意識を飛ばしていた。


一階からかすかに話し声が聞こえて、うっすら目を開いたとき、日が暮れ始めて部屋は薄暗くなっていた。おそらく一時間も眠っていないはずだが、いくらか身体が軽くなった気がする。

今日は母がいるから、夕飯の準備は任せることにして、あと数分だらだらしていよう……と再び瞼を閉じた、次の瞬間。

「綺代！　ちょっと、寝てるのー⁉」

階段の下から慌ただしげな声がして、仕方なくむくりと起き上がった私は、ドアから顔だけ出して返事をする。

「なにー？」

「今、社長さんが来てくれたのよ！　あんたが風邪ひいてるからって、わざわざお見舞いに」

お菓子かなにかが入っていそうな手提げ袋を掲げる母の言葉で、残っていただるさが一気に吹き飛ぶ。

「……えぇっ⁉」

目を見開いて驚きの声を上げると、母は「まだ外にいるかしら」と呟いた。

私は慌てて部屋の窓に駆け寄り、張りついて見下ろすと、玄関を出たところに見覚えのある高級車が停まっている。その運転席のドアを開けようとする彼の姿が見え、急いで窓を開けた。

「社長！」

もわんとした熱気を感じつつ大声で呼ぶと、こちらを見上げた彼が柔らかく微笑む。

もしかして、昼間すれ違ったときにマスクをしていた私を見て、風邪だって気づいて……？　本当に、どれだけ心配性なんだろう。たいしたことはないというのに。

ちょっぴり呆れてしまうが、その優しさはやっぱり嬉しくて、胸がきゅうっと締めつけられる。

社長はドアを開けるのを一旦やめ、私の家の前だからだろうか、紳士の姿で声を投げかける。

「この間、ちゃんと雨に濡れずに帰ったんですか？」

「あー、えっと……はは」

傘を返したときのことを思い出し、曖昧な返事をして、へらっと笑ってみせた。社長は怪訝そうに目を細めるも、穏やかに諭す。

「ちゃんと寝ていてくださいよ」

「そんなにひどい風邪じゃありませんから」

「ただの風邪でも、こじらせると痛い目を見ますよ。大事にして、今週中に治してください」

なぜか具体的な期間を示され、私は首をかしげる。

「今週中？」

「君の願いを叶《かな》えてあげます。私では力不足かもしれませんが」

意味深な笑みを向けて告げられても、なんのことやらさっぱり理解できない。

私の願いって……なにか話したような覚えはないのにな。

頭の中をハテナマークでいっぱいにしている間に「お大事に」とひと声かけた社長は、颯爽と車に乗り込んで去っていってしまった。

窓を開けたままぼーっと見送っていると、母が興奮気味に部屋に入ってくる。

「ねぇねぇ、綺代。泉堂さんの息子さんって、サンセリールの社長になってたのね！びっくりしたわ～、まさかタツくんが叔父さんの跡を継いでたなんて」

〝タツくん〟という呼び名を久々に耳にして、なんだかむず痒《がゆ》い気持ちになる。

そういえば、母は顔見知り程度の関係だったにもかかわらず、親しげにそう呼んでいたっけ。

――父の友人のひとりだった泉堂さんの、息子さんのことを。

実は、私はサンセリールに入社する前から社長のことを知っていた。といっても、知っていたのは彼の名前くらいだけれど。

父が生きていた頃、泉堂さん……つまり社長のお父様の話をよくしていて、彼の家族とも会ったことがあると話していたのを覚えている。詳しい内容までは覚えていないものの、次男が〝タツキ〟という名前であることだけは記憶に残っていた。

そしてサンセリールに就職してから、重役の中に社長の名前を見つけて驚愕したのだった。

でも同姓同名ということもあるかもしれないし、覚えているのも私だけだろう。だから〝タツくん〟に関してのことは、これまでずっと胸の奥で眠らせていたのだ。

「『父がお世話になりました』って言われたから、なにかと思ったわよ。あんなイケメンになって、しかも綺代と同じ職場なんだもの……運命ってすごいわね」

興奮冷めやらぬ様子で、それでもしみじみと話すと、母はローテーブルの上に社長からいただいたお見舞いの品を置いた。

「綺代は忘れちゃったかしら。お父さん、お友達の泉堂さんのこと、よく話してたんだけど」

「んー……なんとなく覚えてる、かも」

本当は結構覚えているのに、ぎこちなく微妙な返答をしてしまった。社長がタツくんかもしれないということにも気づいていながら、母に言っていなかったから、少々後ろめたくて。

すると、彼女の口から驚くべきひとことが放たれる。

「タツくんはあんたのこと、知ってたわよ」

「……え?」

社長も、私のことを?

窓を閉めた私は、目を丸くして母を見やる。彼女は、棚の上に飾ってある家族写真を懐かしそうに眺めていた。

「泉堂さんも、家でよく私たちのことを話してたんですって。残された私たちをすごく心配してくれてたみたい。だからタツくんも、綺代の名前を覚えてたのね」

「そう、だったんだ……」

まさか、社長もずっと前から、私がお父様の友人の娘であることを認識していたなんて。

初めて知った事実に呆然としていると、母は穏やかに微笑みかける。

「彼がこんなに綺代のことを気にかけてくれるのは、お父さんのことがあったからかもしれないわね。ちゃんとお礼しなさいよ」

彼女はそんな言葉を残して部屋を出ていく。ドアがパタンと閉められると同時に、気になっていたことが腑《ふ》に落ちた。

社長がどうして私に過保護なのか。それは、私が彼の大切な人に似ているというだけでなく、亡くした父の代わりに守ろうとしてくれていたからではないだろうか。

絡まっていた糸がほどけるような感覚と共に、胸に切ない痛みを覚える。

よく考えてみれば、子供扱いされることばかりだったもの。私への恋愛感情なんて、あるわけがないよね……。

わかっていたことなのにダメージは大きい。ため息をついて、目に入ったお見舞いの品が置かれたテーブルの前に座り込む。

とりあえず中を見てみると、専門店でしか買えないと有名なプリンや果物が入っていて、その上に一枚のメモがのっている。社長の綺麗な字で書かれたそれを見て、またひとつ謎が解けた気がした。

さっき彼が言っていた『君の願いを叶えてあげます』という言葉の意味は、もしかして——。


【七月二十日、午後六時に家に迎えに行く】

社長が残したメモに書かれていたのは、そのひとこと。それだけで、彼がしようとしてくれていることはなんとなく予想できた。

七月二十日は、私の二十八回目の誕生日だから、きっと社長はお祝いをしてくれるつもりなのだろう。それも父の代わりになのだと思うと切ないが、この際難しいことは考えずに楽しんでしまうことにした。

社長とふたりで過ごすのは、これっきりにするつもり。彼への恋は諦めると決めたから、最後に素敵な思い出を作りたい。

風邪もだいぶよくなり、誕生日当日の金曜日は気分よく仕事を終えた。

定時に上がり、帰宅すると急いで着替えてメイクをして、社長が来るのを待つ。幸い母と紫乃ねえはいないから、いろいろと口出しをされることもない。

……とはいえ、袖がレースの白いブラウスに、アンクルパンツを合わせたファッションは、紫乃ねえに見立ててもらったものだったりする。

約束通りの六時に、家の前に車が停まるのが部屋から見え、鼓動を速まらせて外に出た。現れた社長を見た瞬間の私は、漫画にしたらおそらく目がハートになっていることだろう。

ラフに崩されたヘアスタイルの彼は、白いTシャツの上にネイビーのリネンシャツを羽織ったスタイルで、文句なしにカッコいい。

感動したのは、センスのいい私服姿を初めて見ただけでなく、彼の手に色鮮やかな花束があったから。

「誕生日おめでとう」

「素敵……ありがとうございます！」

麗しい笑みをたたえて、ミニヒマワリが入った夏らしいアレンジメントを差し出され、私は感激しながら受け取った。

男性からのお花のプレゼントって、実際にされるとこんなに嬉しいものなんだ。贔屓《ひい》目《き》でなく社長が王子様に見える……。

「こんなに花束が似合う人、初めて見ました」

真顔で正直な感想を口にすると、彼はおかしそうに小さく笑う。

「君ほどではないですよ」

私を褒める社長は、ここが玄関先ということで紳士的な態度を徹底している。かと思いきや、私の耳に顔を近づけてきて、こう囁いた。

「いや、お前が持つと花束のほうが負けてる」

……こんなキザなお世辞を囁かれたって、ときめいたりしないわよ。ときめくだけ無駄なんだから。

弾みそうになる胸に言い聞かせ、顔を離した社長を目を細めて見据える。

「そんなこと言って、恥ずかしくないんですか？」

「本当のことですから」

ふわりと微笑み、表と裏の顔を交互に見せる彼は至って平静。どこまで冗談で、どこまで本気なんだか。掴みどころのない人だ。

でも、これもお祝いのひとつとして受け取っておこう。今日は甘いセリフも微笑みも、彼がくれるすべてが私へのプレゼントだ。


花束は家の中に置いておき、私たちは車に乗り込んだ。どこへ連れていってくれるかは、聞かなくても見当がついている。

私が小学二年生のとき、誕生日に父と遊園地に行く約束をしていた。しかし、父はその約束を果たす前に亡くなってしまった。

もしも社長が、お父様である泉堂さんからその話を聞いていたとしたら……。私の願いを叶えてくれるというのは、遊園地に連れていってくれるという意味じゃないだろうか。

夕闇が迫る街並みを眺めながら推測していた通り、一時間ほど車を走らせて着いた場所は、家族連れやカップルに人気の、都内にあるテーマパークだった。

横浜にもコスモワールドがあるから観覧車などは見慣れているのに、初めての場所に、しかも好きな人と来たというだけでテンションが上がる。

車を降りた私は、だいぶ暗くなった空にライトアップされる乗り物や店を見渡して、と考える。

隣に並んでなにげなく言う社長に視線を移し、それは元カノさんとなのかなと、ふ

「俺は三年ぶりくらいだな」

「遊園地に来たの、いつぶりだろう……！」

感嘆の声を上げた。

それだけで胸がチクチクしてくるから、余計な思考は振りはらい、なにも気にして

いないふりをしてゲートをくぐった。

しかし、園内を歩く人がまったく見当たらない。平日だとしても、ひとりもお客さ

んがいないのはさすがにおかしい。

キョロキョロと辺りを怪訝に見回し、ひとりごとを呟く。

「なんで人が全然いないんだろう」

「あぁ、貸し切りにしたから」

「へっ⁉」

さらりと口にされたひとことに、私はのけ反る勢いで驚愕した。

私のためだけに、貸し切っちゃったの⁉　そんなことをしてくれる人が現実にい

らっしゃるとは……。さすが社長様！

「す、すごすぎます……！　遊園地を貸し切るなんて、夢でしかできないと思っていました」

瞠目《どうもく》して言うと、ふっと笑みをこぼした社長は、こちらに片手を伸ばしてくる。私の頭を引き寄せ、斜めに流した前髪から覗く額に軽いキスを落とした。

柔らかな感覚にドキリとして見上げれば、彼は私の頭を支えたまま得意げに微笑む。

「人目を気にしなくていいから、思う存分可愛がってやれる」

じわじわと火照る顔で、むくれる私。

この狼さんはまったく……油断も隙もありゃしないんだから。

「調子に乗らないでください。ほら、行きましょう！」

毅然とかわし、社長の服の裾を引っ張って、さっさと歩きだす。でも、内心は恋人ごっこのようなやり取りが嬉しくもある。それを見抜いているかのごとく、彼は楽しげに笑っていた。

童心に返って、どれに乗ろうかと興味津々に観察しながら歩いていると、ふわふわと上がったり下がったりしている気球のアトラクションにまず目を引かれた。あれならそこまでスリルを感じることはなさそうだし、気持ちよさそう。

「社長は高いところは平気ですか？　気球のやつ、乗りましょうよ」

「その前に、ふたりでこんなところに来てて『社長』はないだろ」

彼のひとことで、私はお目当てのものを指差した状態でぴたりと一時停止した。そう言われてみれば、仕事の延長のようでおかしい気もする。

「……確かに。じゃあ、泉堂さ――」

「名前」

ビシッと指定され、肩をすくめた。

名前ですか……。別になにも難しいことはないのに、一気にハードルが高くなったような気がするのはなぜなのだろう。

いっそ、母みたいに〝タツくん〟と呼んでみようかとも思ったものの、彼の瞳がじっとこちらを見つめるので、ふざけられなくなる。

「た、達樹さん」

呼んだそばから、慣れないのと恥ずかしいのとで顔が熱くなるのがわかり、俯き気味で目線だけ上げた。

社長、もとい達樹さんは、満足げな表情でこんなことを言う。

「いいね、結構クる」

「はい？」

なにがくるというのか、意味がわからず首をかしげる私を見て、彼はクスッと笑っただけ。そして、自然に私の手を取り、気球のアトラクションのほうへと歩き始めた。

……あぁ、こんなことをしていたら、諦めようという決心が鈍ってしまう。愛おしいこの手を離したくない。

でも彼にとって私は子供も同然で、かつ元カノさんの代わりなのだ。この恋人ごっこも、擬似体験として割り切って楽しまなければ。

ぐらつく心に必死に言い聞かせ、それからもいろいろなアトラクションやゲームを楽しんだ。

お化け屋敷では、作り物だとわかっているせいであまり怖がらず、むしろ装飾を観察してしまう私に、達樹さんは「男泣かせだな」と脱力していた。

かくいう彼も基本ポーカーフェイスで、だからこそたまに見せる無邪気な笑顔はたまらない。ちょっぴり驚いたり、ゲームでムキになったり、普段見ることができない表情にたっぷりお目にかかれて、ものすごく贅沢だ。

人がいない遊園地は物寂しいかも、と最初は思っていたのが、遊んでいるうちにだんだん気にならなくなっていた。夜ということもあって、ライトアップされたロマンチックな雰囲気の園内にふたりきりでいると、本当に夢のようで現実味を感じない。

しかし、時間は確実に過ぎていく。だいたいの乗り物を制覇した頃、達樹さんが腕時計に目を落として言う。

「そろそろ飯を食いに行かないとな」

「じゃあ、やっぱり最後はアレですね」

最後に乗るものだ、となぜか私の頭にインプットされている大きな観覧車を指差すと、彼も了承してそちらを目指した。

ゆっくり動くカプセルの中にふたりで乗り込み、徐々に遠くなっていく明るい光の街を見下ろして、私は小さくため息をつく。

「綺麗……」

まるで別世界だ。この夢の世界で使える魔法があるなら、このまま時間を止めてしまうのに。

非科学的で、乙女チックなことをぼんやり思っていると、「綺代」と呼ばれて振り向いた。向かい側に座る達樹さんは、なにやら真剣な表情をしている。

「今から大事な話をさせてくれ」

――ドクン、と心臓が鈍い音をたてた。

彼が話そうとしているのは、今日ここに来た理由か、彼が胸に秘めている女性の話か。はたまた両方かもしれない。

いずれにせよ、タイムリミットだ。彼の本当の想いを聞いたら、私の恋も終わる。

「実は――」

「あの！」

話を切り出そうとした彼を、思わず遮ってしまった。できることなら、夢の時間をあとちょっとだけ引き延ばしたくて。

目を丸くする達樹さんに、私はへらっと笑って雑学を披露する。

「観覧車って、およそ秒速二十五センチメートルのスピードで回転するんですって！これは亀が走る速度の約二倍で――」

「その話、今しないとダメか？」

今度は、口の端を引きつらせて軽くイラッとしつつ笑う彼に遮られた。

そうよね、これ以上は引き延ばせないよね……。彼のためにも、会社のためにも、いい加減に私は葛城さんの元へ行かないと。

理性で気持ちを落ち着かせ、私から話を続行させる。

「達樹さんが話したいこと、なんとなくわかっています。まず、ずっと前から私のことも知っていた、ってことですよね」

　元カノさんの話をするのはやっぱりつらいため、この話題から振ると、達樹さんは小さく頷いた。

「お母さんから聞いたか」

「はい。でも実は、私も社長の名前は覚えていました」

　意外そうな顔をする彼に、私は微笑んで続ける。

「今日も、私のお父さんの代わりにここへ連れてきてくれたんでしょう」

　確認すると、彼はふっと表情を緩め、「あぁ」と再び頷いた。

「親父から『倉橋さんが、誕生日に娘と遊びに行く約束をした、と嬉しそうに話してた』って聞いてたんだ。それはもうだいぶ昔のことだが」

　いつの間にか頂上を過ぎていた景色に目をやり、懐かしむように話してくれる彼を、目に焼きつけるように見つめる。

「お前とよく接するようになってから、そのことを思い出して、叶えてやりたいなと思った。俺が代わりじゃ満足できないかもしれないが」

「そんなことありません！　すごく嬉しいです。ありがとうございます」

　嘲笑を漏らす達樹さんに、私はぶんぶんと首を横に振り、心からお礼を言った。

子供の頃に父と来ていたら、全然違う楽しさを経験できていたのだろうけど、今日だって間違いなく幸せを味わえたから。

今日だけじゃない。どんな理由であれ、彼が私にしてくれたことは全部嬉しかった。

「これまでも、私のことを気にかけてくれていたのは、お父さんのことがあったからだったんですね。達樹さんのその心遣いには本当に感謝しています。私も、正直もっとお父さんに甘えたかったなって、ずっと思っていたから」

こんなことを打ち明けるのは気恥ずかしい。いい年をして、父に甘えたかった、だなんて。

でも達樹さんのおかげで、そういう心許《こころもと》なさや寂しさを消してもらえた気がしている。父親じゃなくても、包容力のある男性に守られるという擬似体験は、私にとってとても有益なものだった。

それが恋人として与えられるものなら、最高に幸せだったのにな。

「もう十分です。お父さんの代わりも……元カノさんの代わりも」

だんだん笑顔の覇気がなくなり、目を伏せて呟いた。

静かに聞いていた達樹さんは、一瞬眉根を寄せ、聞き取れなかったのか意味がわからないのか、小首をかしげる。

「綺代？」と声をかけられ、強く拳を握った私は、ぱっと顔を上げた。押し黙る彼をまっすぐ見つめ、精いっぱいの笑みを作る。

「本当にありがとうございました。少しの間ですけど、達樹さんの大切な人になれたみたいで……幸せでした」

冗談っぽく言ったはずなのに、寂しさが一気に込み上げてくる。目の縁に今にもこぼれ落ちそうなほど涙が溜《た》まり、下唇を噛みしめてなんとか堪える。

困惑している達樹さんが口を開こうとしたそのとき、ちょうど乗り場に着いてドアが開かれた。

私は俯き、「もう一周」と呟く。そのひとことで立ち上がるのをやめた彼を確認し、ドアが閉められる直前に無情なことを言いながら、素早く飛び出す。

「……してきてください、すみません！」

「は⁉」

愕然とする達樹さんに構わず急いで飛び降りると、驚く係員のお兄さんが持つ取っ手を一緒に掴む。

「おい待て、綺代！」

慌てる達樹さんの声が、ガチャンと閉めたドアの向こうに閉じ込められた。

再び上昇していくカプセルと、その中からなす術《すべ》なくこちらを見下ろす不機嫌さマックスの彼に向かって、私は顔の前で両手を合わせて〝ごめんなさい〟のポーズをする。

やばい、勢いでやってしまった……。観覧車にひとりで置き去りにするとか、我ながらひどい。絶対嫌われただろうな。

係員のお兄さんにも、私たちの状況が穏やかじゃないことは見て取れただろう。このあと降りてくる達樹さんが不憫《ふびん》な目で見られるかもしれないと思うと、本当に平謝りしたい。

でも、泣くところを見られたくなかったし、あのまま一緒にいたら元カノさんの話も聞かされていたかもしれない。だから、ひとりにさせてほしかった。

嫌われたほうがいいんだ。そうすれば、自然と諦めがつくはず。

観覧車乗り場を出て、走ってゲートに向かい、魔法の国をあとにする。

ひとりでとぼとぼと駅に向かって歩いているうちに、塩辛い雫がいくつも頬を伝っていた。

ごめんなさい、達樹さん。最高の誕生日プレゼントを用意してくれたのに、こんなことをしてしまって。

でも、罪悪感はものすごくあっても後悔はしていない。私は今後、仕事以外では彼と関わらないと決めたのだから。

「失恋って、キツいな……」

つい口からこぼれた、実感がこもるひとりごとが、星が見えない夜空に吸い込まれていった。

結論

不可解な彼女の真意を究明せよ［Ｓｉｄｅ達樹］

梅雨も明け、夏本番らしい入道雲が浮かぶ真っ青な空とは正反対に、俺の心はどんよりとした分厚い灰色の雲に覆われていた。

綺代の誕生日、俺は彼女への想いをすべてさらけ出すつもりでいたのに、なぜか逃げだされてしまったからだ。

しかも、観覧車の中にひとり置き去りにされるという始末。あのあと、俺がどれだけ係員に憐れみの目を向けられたと思っているんだ……。屈辱すぎる。

すぐに追いかけたが見つけられず、月曜日の今日まで、電話をしてもメッセージを送っても華麗にスルーされている。家まで押しかけようかとも思ったが、ここまで拒否されるということは本当に嫌われたか、なにか理由があるに違いないのだから、ひとまず控えておくことにした。

しかし、やはり今一度話をしたいという気持ちは変わらない。会社では逃げられないだろうと踏み、皆が出勤してくる今、いつかと同じように研究課の前で彼女を待ち伏せしている。

今日行う会議の資料に目を通しながら、社員に挨拶を返していると、しばらくして綺代がひとりで現れた。俯きがちなその姿は、元気がなさそうに見える。

「倉橋さん」

不機嫌さを押し殺し、ビジネスモードの笑みを貼りつけて声をかけた。目線を上げた彼女は、眼鏡の奥の目を見開いてギョッとする。

「あ、お、おは、おはようございます」

必死に平静な顔を取り繕っているようだが、明らかに動揺している。

辺りに人がいなくなった隙に、俺は少し屈んで、固まっている綺代に顔を近づけて囁く。

「……金曜日のこと、忘れたとは言わせませんよ？」

口元にだけ笑みを浮かべ、鋭い眼差しを向ければ、彼女はゆっくりと目を逸らした。

そして口の端を引きつらせ、あろうことか、しらばっくれる。

「あー……それ、私ではないですよ。もしかして社長、ドッペルゲンガーでも見たんじゃないですか？　不思議ですねぇ～……失礼します！」

「おい」

俺の制止も聞かず、適当すぎる言い訳をまくし立てた彼女は、またしても逃げるように素早く事務所に入っていってしまった。

お前、ドッペルゲンガーとかいう非科学的なもの、信じていないだろうが……。

脱力すると共にため息を吐き出し、仕方なくその場をあとにした。この様子だと、どんなに話し合いに持ち込もうとしてもはぐらかされるかもしれない。


それからも何度か、綺代の姿を見かけたときに話しかけようとしたものの、懸念していた通り逃げられまくっている。あいつは魚かなにかか。

気がつけば早くも週末を迎えようとしていて、俺の苛立《いらだ》ちもピークに達していた。

「クソッ……」

またしても捕獲失敗した金曜日の昼。思わず舌打ちし、悪態をついて社長室に入った直後、ギョッとしている秘書の綾瀬と目が合った。

そういえば、彼女も物腰柔らかな俺しか知らないのか。

どうしても素を隠していたいわけではないし、バレても別に問題はないが、とりあえずふわりと微笑む。

「すみません、なんでもありません」と穏やかにごまかし、デスクに着いた。

それでも、普段から俺をよく見ている彼女は様子がおかしいことに気づいているらしく、コーヒーをデスクに置いてこんなことを言う。

「最近、イライラしていらっしゃるようですね。……倉橋さんと、なにかありましたか？」

はっきりと名前を出され、ノートパソコンを操作し始めた手が止まってしまった。反応を示した俺を見て確信したらしい綾瀬は、俺のそばに立ったまま続ける。

「どうして、そこまで彼女を気にかけるんです？」

落ち着いた声で問いかけられ、考えを巡らす。その答えは簡単に見つかり、背もたれに背中を預け、ゆったりとした口調でこう返した。

「理由はたくさんありますが、ひとことで言えば……好きだから、でしょうね」

綺代のことは、入社試験で名前を見て気づいてから〝倉橋さんの娘〟だと認識していただけだった。仕事中は白衣に眼鏡の、ザ・理系という感じのスタイルで、あまり笑うところを見たことがなかったせいか、お堅い印象も持っていたが。

それが、意識するようになった最初のきっかけは、おそらくあのとき――彼女が落としたメモ帳を拾ったときだろう。

プライベートの綺代はイメージと違い、率直に綺麗な子だなと思った。一瞬、目が離せなくなるほどに。

それに、この子は研究課の倉橋だよな？と気づいても確信できなかったため、どこかに名前が書かれていないか探してみようと、悪いとは思いつつもページをめくらせてもらったのだ。

そして目を見張った。そこには研究についてのことやマニアックな単語だけでなく、〝お客様の幸せと笑顔を作るお手伝いをします〟という企業理念が、丁寧な字で書かれていたから。

新入社員かよ、とあまりの真面目さに思わず笑ってしまったが、胸が温かくなったことを覚えている。

メモを取るのはだいたい、忘れたくないことや大事なことだろう。俺が掲げる目標を彼女も大切に思ってくれているようで、ただそれだけでとても嬉しかった。

あの理念には、俺がこの仕事をするきっかけになった、あるときの思いが込められているから。

それから、半強制的に接待に連れていこうとしたときのこと。少なからず嫌がられるだろうと想定していたのだが、そんな気配も、臆すこともなく、むしろ『期待に応えたい』と言って意欲的に協力してくれた。その潔さは感心するほど。いろいろな人間を見てきたが、こいつは普通の女とはどこか違うな、とそのときからなんとなく感じていた。

その上、あの難攻不落で有名な葛城 丈を取引に前向きにさせたのだから、尊敬すらしてしまう。

綺代のことをだんだん特別視するようになり、礼をするためにふたりで食事をしに行ったときは、久々に心が満たされる時間を過ごせた。

マニアックな話を熱心に語る姿はおかしく、照れたように自分のことを話す姿は可愛らしくて。仕事中のキビキビしたイメージとはまた違ったいくつもの面を、もっと見たいと思うくらい惹かれていた。

父親のことを打ち明けたときの表情には、放っておけないような儚《はかな》さがあり、俺がなんとかしてやりたいとも思った。俺の過保護は、どうやらその辺りから始まっていたらしい。

少しからかっただけであたふたしたり、顔を真っ赤に染めたりと、男慣れしていない感じもまた、たまらない。

……初めてだった。こんなに魅力を持っているくせに、恋愛には不器用で、その心に踏み込みたくなるような子は。

そしてその日の夜、あまりにも頑固な彼女に痺《しび》れを切らしてキスをしたとき、はっきりと自覚したのだ。

俺はもう、完全にこいつに落ちている、と。

考えすぎて恋愛ができなくなっている彼女に、恋を教えてやりたい。頭ではなく心で、どうにも俺を求めてしまうくらい、夢中にさせてやりたい――そんな野心が生まれていた。

しかし、俺はあえて気持ちを伝えないようにしていた。彼女が自分から恋心に気づかなければ意味がないから。俺が告白するのは簡単だが、それに流されるようなことにはなってほしくなかった。

……とはいえ、つい愛おしさが膨れ上がって本能の赴くままに接してきたのだが。

亡くなった倉橋さんの代わりに守ってやったり、甘やかしたりしているうちに、彼女を手に入れたい欲求を、案の定抑えられなくなっていた。綺代に好意を持っているであろう葛城と必要以上に関わらせないようにしたのも、泣いている顔にキスをしたのも、すべて彼女が好きだからだ。

社長の皮を剥いだ俺が、幸せにしたい、笑顔にしたいと思うのはあいつしかいない。

結局、彼女が恋心を自覚してくれるのを待ちきれず、誕生日にその想いを伝えてしまおうとしたというのに――。

「今は、彼女と話す機会すら与えてもらえませんがね」

自嘲して苦笑を漏らし、再びパソコンに手を伸ばした。頭の中では、綺代の切なげな声が巡る。

『達樹さんの大切な人になれたみたいで……幸せでした』

観覧車の中で言われたあの言葉が、引っかかって仕方ない。嫌われてしまったのならそれまでだが、どうもそうではない気がする。

だったらなぜ、あそこまで逃げ回るのだろうか。

ずっと考えている疑問を今も渦巻かせつつ、経営管理システムにアクセスしようとしたとき、斜め後ろで黙って立っていた綾瀬が突然頭を下げた。

「申し訳ありません」

急に謝られて、俺は怪訝な顔でそちらに身体を向ける。

平静な表情をしていながらも、どこか暗い影が落ちているように見える彼女は、意を決したように口を開いた。

「私が倉橋さんに話したんです。『社長は、あなたを通して別の人を見てる』と。そのせいで、彼女は身を引こうとしているのかもしれません」

思いもしなかった事実を告げられ、唖然とする。

俺が別の人、つまり綺代以外の女性を見ているだなんてあり得ない。なぜ根も葉もない嘘をついたのだろうか。

「なぜそんなことを……」

「社長ならおわかりでしょう。私の気持ちを」

眉を下げて悲しげに微笑む綾瀬を見て、わずかに胸が痛む。

……綾瀬の気持ち。彼女の言う通り、それにはなんとなく勘づいていた。仕事でのパートナーとして以上に、俺を慕ってくれていることに。

だが、綾瀬には綺代に対するような愛おしさが湧くことはなかった。だから、気づいていないふりをしていたのだ。

彼女は肩の力を抜くように息を吐き、正直な気持ちを飾らない言葉にして話しだす。

「嫉妬したんですよ。私がずっと社長を支えてきたのに、どうしてあの子が贔屓されるの、って。だから彼女を困らせてやりたくて、意地悪なことを言いました。それですっきりするはずだったのに……自分が嫌になっただけでした」

嘲笑する綾瀬から語られたことは、普段の完璧な秘書の姿からは想像もつかないような裏の行い。もちろん驚いたが、そうしてしまうくらい彼女は切羽詰まっていたのかと思うと、責める気にはならない。

ゆっくり頷き、「そうだったんですね」と呟いた。

これでようやく、綺代が俺を拒否する理由が判明した。俺には別に好きな人がいると勘違いしているのだろう。だったらその誤解を解くまでだが、どうやって話し合いに持ち込むかが問題だ。

腕を組んで考え込んでいると、背筋を伸ばしていつもの凛とした姿勢に戻った綾瀬が、業務内容を報告するような調子で言う。

「倉橋さんは、研究課の氷室さんという方と親密にしているようです。本人がダメなら、彼をあたってみてはいかがですか?」

「氷室……」

研究課のホープである彼のことは知っている。だが、彼の名が出てくるのは少々意外だ。確かに、綺代ともうひとりの女性社員と、よく三人でいるところは見かけるが、そこまで仲がいいとは思っていなかったから。

「親密とは、どの程度?」

若干強張った声で問いかければ、綾瀬は「相合い傘をして、彼が頬に手を当てるくらいの仲です」と、淡々と答えた。

それを聞いて、綺代に傘を渡してやってほしいと綾瀬に頼んだときのことが、ふと思い当たる。

俺が偶然窓から見たのは、雨が降り始めているのに傘も差さずに電話をしているらしき綺代の姿だったのだが、まさかあのあとに？

傘に入れてやるだけならまだしも、頬に手を当てるなんてことは、ただの同僚ならしないよな……。あの無神経パティシエに気を取られていて迂闊《うかつ》だった。

ダークホースのように存在が急浮上してきた氷室に、むくむくとライバル心が湧き上がる。綺代の周りにある余計な芽は、摘み取ってしまいたい。

そのギスギスした気持ちをなるべく表面に出さないよう努め、平静を装って綾瀬に告げる。

「定時を迎えたらここに来るように、氷室くんに伝えてもらえますか」

「承知しました」

綺麗な一礼をしてようやく俺のそばを離れていく彼女を「綾瀬さん」と呼び止めた。

振り返る彼女に、優しい笑みを向ける。

「ありがとう」

自分がした行為や氷室の件を正直に教えてくれたことと、俺に好意を寄せてくれたことに対して、感謝を述べた。

目を見開いた綾瀬は、その意味を察知したのだろう。一瞬泣きそうな顔を見せたが、ほどなくして口角を上げ、再び深く頭を下げた。

就業時間後、伝言通り社長室にやってきた氷室を、部屋の中央にある応接用のソファに座るよう促した。テーブルを挟んで彼の向かいに俺も腰を下ろし、余裕を絶やさないよう意識して話しだす。

「突然呼び出して申し訳ない。用件は、仕事のことではありません」

こうやって一対一で面と向かって話すのは初めてに近いというのに、氷室はまったく動じていない。この男はいつも無表情でなかなか本心を読み取りづらいが、おそらく俺がなにを言おうとしているかわかっているのだろう。

ならば、ここはストレートに聞くことにする。

「単刀直入に聞きます。君は、倉橋さんのことをどう思っていますか？」

一直線に彼を見据えると、眼鏡の奥の瞳は揺らぐことなく、すぐに口が開かれた。

「好きです。ひとりの女性として」

迷いなく返ってきた答えは、予想していたものだったが、やはり少なからず焦燥を掻き立てられる。

「……ですが、とっくにフラれています。彼女には、他に好きな人がいるようなので」

伏し目がちに続けられた言葉で、焦りは一瞬収まった。そして、好きな人がいるという事実にドキリとする。

あいつ、恋心を自覚していたのか。その相手は当然俺であってほしいが、真実はどうなのだろう。

そう考えていたとき、氷室の口から思わぬひとことが飛び出す。

「今日、葛城という人と会う約束をしていると聞きました」

「え……？」

葛城と？　なぜ会う必要がある？　というか、いつの間にふたりは連絡を取り合っていたのか。

今度は想定外で、思いっきり眉間にシワを寄せてしまう。再び焦燥と、怒りにも似た不快感が急激に湧き起こる。

表情を険しくする俺に、氷室は真剣な眼差しを向け、しっかりと言い聞かせるような口調で言う。

「彼女は、葛城さんからの交際の申し込みを受け入れようとしています。泉堂社長、あなたのために」

ドクン、と胸の奥で鈍い音が響いた。

俺のために葛城からの交際を受けるだって？

いったいなぜ、そんなことになっているんだ。以前葛城の話を出したとき、綺代の様子がなんとなくおかしいように感じたのは、このせいだったのだろうか。

なにがなんだかさっぱり把握できないが、とりあえず俺の知らないところで事態は危機的状況にあるらしい。それを察知することができなかった自分に、はらわたが煮えくり返りそうだ。

余裕という名の袋に穴が空いたかのように、心にゆとりがなくなっていく。とにかく事情を知っているらしいこの男を問いつめ、彼女を奪いに行くしかない。

ゆらりと前屈みになり、憤りを抑えるようにドンッと拳でテーブルを叩いた俺は、目の前の彼を睨み据える。

「……どういうことか、きっちり吐いてもらおうか」

普段の穏やかさを消し、凄みのある声で迫る素の俺に、氷室は目を見張って初めて驚きを露わにした。

一生変わらぬ愛の証明

遊園地での一件から約一週間。怒られたり、なぜ帰ったのかを問いつめられたりすると思い、私は社長から逃げまくっていた。なかなか諦めてくれないため、言い訳がどんどん不自然なものになってしまっている。

一回お説教されないとダメかしら……。もっともらしい逃げた理由を考えて、納得してもらうしかないかもしれない。

追いかけっこを続けてだいぶ疲れた金曜日。早めに仕事を切り上げた私は、その足で葛城さんと落ち合った。

服装はいつもより気を使った上品なパンツスタイルであるにもかかわらず、眼鏡をかけ、髪を後ろでひとつに結んだ姿はやはり、あか抜けない。

そんな私が、オシャレで美形な葛城さんの隣に並んで歩くとかなりの違和感があるだろうな、と自覚しながらやってきたのは、創作和食の居酒屋。完全個室のテーブル席の窓からは趣のある日本庭園が見え、落ち着いた雰囲気になっている。

今回の食事の約束を取りつけたのは私からだ。この店は、以前課長に連れてきてもらったことがあり、じっくり話すには最適だろうと選んでみた。

和紙で作られた間接照明の柔らかな明かりに照らされるその席に、向かい合って座ると、メニューを選ぶ前に葛城さんが改めて確認する。

「今日会ってくれたってことは、僕を選んでくれたってことでいいのかな」

大きな瞳からまっすぐ向けられる視線を受け止め、私は「……はい」とゆっくり頷いた。

彼を選ぶ決心は、ついている。でもその前に、大事なことを承知しておいてもらいたい。

安心したような笑みを浮かべる葛城さんに、真剣な表情で続ける。

「ですが、ひとつだけ、私からも条件があります」

「なに？」

メニューを開こうとした彼はその手を止め、再び話を聞く体勢になる。

私の頭によぎるのは、葛城さんを選ぶと決めたことを咲子ちゃんたちに打ち明けたとき、難しそうな顔をしていた彼女がくれた言葉。

『このまま言いなりになるのは悔しくないですか？　せめて、言いたいことは正直に言ったほうがいいですよ』

確かに、私だけが葛城さんの出した条件に振り回されるのは不公平だ。結局は彼の要求を呑むことになるかもしれなくても、最後に悪あがきをしてみようと思う。

今こそ理性的な話し合いをしようと、彼を見つめて口を開いた。

「私に好きな人がいるというのは、お話ししましたよね。彼への気持ちは、しばらく持ち続けると思います。それでも、私を受け入れてくれますか?」

その問いかけに対し、葛城さんは〝そんなことか〟とでもいうように表情を緩める。

「うん、仕方ないよね。ちゃんとわかってるよ。でもいつか、その気持ちは絶対僕に向かせてみせる」

私の気持ちを汲みつつ、彼自身に言い聞かせるように力強く宣言した。

きっと、この言葉に嘘はないのだろう。でも、彼が言うような未来の映像は、もやがかかっていて今の私にはよく見えない。

「それは、難しいかもしれません」

覇気のない笑みを浮かべて呟く私に、彼がピクリと反応する。

「失礼ですが、葛城さんは、私のことを本当に好きなわけではないんじゃないでしょうか」

交際を申し込まれたときからずっと感じていた引っかかりを、正直にぶつけた。

こんなことを言われるのは予想外だったらしく、彼は整った顔を呆然とさせたあと、ぎこちなく口角を上げる。

「なに言ってるの。僕はもちろん君を――」

「私には、あなた自身の欲を満たすためだけに、私を手に入れようとしているように思えるので」

彼の言葉を遮り、きっぱりと意見を放った。

だって、私は一度も〝好き〟だと言われていないから。明確な告白をされていないだけじゃない。彼からの愛情を、私は本能で感じ取ることができていない。

だから心が動かされないのだ。そしてきっと、本当に好きではないから、彼は自分に都合のいい条件を貫き通すことができる。

葛城さんは図星を指されたというより、今初めて気づかされたというように目を丸くして押し黙った。視線を泳がせ、強張った笑みを作る彼からは、明らかに動揺しているることが見て取れる。

「恋愛って、そういうものじゃない？　なにもメリットがない人を好きになるかな」

小首をかしげて考えている彼からは嫌味などは感じず、その様子を見て私は冷静に分析していた。

この人は、いまだに知らないのかもしれない。誰かを本気で愛するということを。なんだか、社長を好きになる前の自分を見ているようだ。この数ヵ月で学んだ大切なことを、彼にも教えてあげたい。

「……以前は、私も自分にどれだけのメリットがあるかを考えて、付き合う相手を見極めようとしていました。でも、本気で人を好きになるってそういうことじゃないんだって、今回初めて気づいたんです」

落ち着いて話す私の頭の中には、社長の麗しい姿がまざまざと浮かぶ。彼を想うだけで、自然と笑みがこぼれる。

「相手が笑ってくれたり、喜んでくれたりするだけで胸がときめいて、こっちまで幸せになる。なにかをしてもらったら、その何倍もお返しをしたくなる。無条件でそう感じられることが、愛なんじゃないでしょうか」

それは、理性だけで考えていたら得られない、不思議で素敵な感情。誰に対しても持てるわけではない特別なものだ。

今、目の前にいるあなたに、それだけの気持ちがあるのか確かめたい。

「葛城さんは、私にそういう感情が湧きますか？　もしも私が、なにも与えることができなくなっても、愛し続けてくれますか？」

本当に愛してくれているのなら、もっとちゃんと向き合おう。そうでないのなら、今一度考え直してほしい。

強い気持ちを、揺らがずに向ける視線に込めて問いかけた。表情を強張らせて静止している彼は、まだ口を開こうとしない。

どんな答えが返ってくるか、胸をざわめかせて待っていた、そのとき……。

「そこで返事を迷っているようじゃ、男が廃りますよ」

突然、個室の引き戸が開かれたかと思うと、聞き慣れた声が割り込んできた。そこに立つ人物を見た瞬間、息が止まりそうなほど驚愕する。

「しゃ、ちょ……‼」

美しく凛とした表情で大胆不敵に現れたのは、会社から直で来たことが窺えるスーツ姿の泉堂社長。

なんで、どうしてここに⁉　いつからいたの⁉

ちゃんとした言葉も発せず、目と口を開けて固まる私の向かい側では、葛城さんが同じようにぽかんとしている。

「どうしてあなたが……」

「葛城さんが、彼女に不当な要求をしていたという情報を手に入れましたので」

社長は静かに戸を閉めてそう言った。どうやら私たちの詳しい事情を知っているらしい。

驚きっぱなしの私に、彼はわずかに微笑み、「君を捕まえられないので、氷室くんからすべて聞きました」と教えてくれた。

確かに、氷室くんたちには今日ここに来ることも話した。それをまさか社長が全部聞き出してきたとは……。

彼の表情は穏やかな中にも力強さがあり、なんとかしてくれそうな頼もしさを感じる。頼りなかった心が震えて、なぜだか泣きそうになった。

私から葛城さんへと視線を移した社長は、立ったまま冷静に事実を確認する。

「倉橋さんがあなたと交際しなければ、わが社との契約を白紙にするとおっしゃったそうですね」

声色は普段通りでも先鋭な眼差しを向ける彼に、すでに落ち着きを取り戻している葛城さんは、素直に「えぇ」と認める。

「僕の知恵や技術を与えることになるんですよ？　それ相応の報酬はいただかないと」

挑戦的な彼は、初対面のときを彷彿とさせる。さすがは天才パティシエ。自分の価値をちゃんとわかっているらしい。ただ、私のことを〝報酬〟としている辺り、やはり愛情に欠けているような気がする。

社長は一度目を伏せてゆっくり頷いたあと、再び葛城さんを見据えて、スッと息を吸い込む。

「ならば、こちらからお断りさせていただきます」

毅然と放たれたひとことに、意表を突かれた私も葛城さんも目を見開いた。

嘘、断るって……せっかくのチャンスを潰してしまうの⁉

「社長！」

「そんな汚い手を使うような方と、クリーンな仕事ができるとは思えませんので」

私に構わずはっきりと物申す彼の、きりりとした表情からは、揺るぎない決意が窺える。誰がなんと言おうと止めることはできなそうだ。

社長は腕を組み、厳しい口調で話を続ける。

「当然、事業計画は水の泡になりますし、見込んでいた大きな利益も得られなくなる。ですが、あなたに頼らないからといって、サンセリールが地に落ちるわけではありません。また新しい方法を模索すればいいだけのことです」

潔い決断に呆気に取られていると、彼はゆっくり私の隣に歩み寄ってくる。

「それに、ひとりの男として言わせていただくと……」

そこで言葉を切った社長は、私と葛城さんとの間を遮るように片手をテーブルについた。少し身を乗り出し、目を見張る葛城さんに不敵で美しい笑みを向ける。

「仕事のために好きな女を渡すような、要領の悪い男じゃないんでね、俺は」

——ドキン！と、激しく心臓が揺れた。

今、『好きな女』って言ったよね……？　まさか社長も私と同じ気持ちだったの⁉

夢は遊園地を出たときに終わったと思っていたのに、まだ続いているのだろうか。だって容易に信じられるわけがない。こんな、奇跡みたいなこと……。

呆然とする私の耳に、「綺代」と呼ぶ甘く低い声が届いた。こちらを振り返る彼は、獲物を捕らえた獣を思わせる力強い瞳で見つめてくる。

呼吸もままならないほど胸を高鳴らせる私に、社長という鎧《よろい》を脱ぎ捨てたかのような彼は、真剣に問いかける。

「お前が本当に好きな男は誰だ？　お前の本能は、誰を欲しがってる？」

私の唇は自然と開き始める。固く閉じたはずの扉がこじ開けられ、そこから本心が引っ張り出されるようだった。

「社長、です……」

喉の奥から震える声がこぼれると、張りつめていた彼の表情がふっと緩んだ。そして、私の前に手の平が差し出される。

「なら、なにも悩む必要はない。安心して俺のところに来い」

その瞬間に、感情を堰《せ》き止めていた理性が決壊する。込み上げた涙が溢れ、彼の姿がぐにゃりと歪んだ。もう理性はまともに働かない。仕事のことも、元カノのことも、今はどうでもよくなってしまう。

私の心が望むのは、差し伸べられたこの手を取ること。それだけだ。

「……ごめんなさい、葛城さん」

上ずった声で呟き、私は愛おしい大きな手に自分のそれを重ねた。優しく引かれて腰を上げると、社長は「失礼いたします」と葛城さんに一礼し、手を繋いで個室を出ようとする。

そのとき、「倉橋さん」と呼ぶ声に引き留められ、私は頬を濡らしたまま振り返った。葛城さんは椅子にもたれ、ため息と共に嘲笑を漏らす。

「わかってたよ、君の好きな人はきっと泉堂さんだろうって。だから卑怯な条件を出した。……でも結果は惨敗だね。認めたくないけど」

最後のひとことは、子供のように口を尖らせてぶっきらぼうに言った。負けず嫌いなところが彼らしい。

しかし、憂いを帯びた表情にスッと変わり、目を伏せる。

「僕は本当に、軽い気持ちで君を欲しがったわけじゃない。でも、大事なことが足りなかったんだって気づかされたよ」

どうやら、葛城さんも身をもって知ったらしい。恋愛のなんたるかを。

彼の雰囲気が柔らかくなったように感じて、ホッと胸を撫で下ろす。すると彼は姿勢を正し、今度はきりりと社長に目を向ける。

「卑怯者の負け犬だと認識されたままでは嫌なので、仕事で名誉挽回《ばんかい》させてもらいますね、泉堂社長」

挑戦的でありながらも、真摯な色も含んだ眼差しで言う彼。

もしかして、サンセリールとの事業を続けてくれるの？

予想外の前向きな発言に、自然と表情が明るくなる。一瞬キョトンとした社長も、すぐに嫌味のない笑みを浮かべる。

「大いに期待しております」

社長は丁寧に言い、照れ隠しするようにぷいっとそっぽを向く葛城さんに、今一度頭を下げた。

手を引かれて店を出ると、外は薄暗くなっていて、生暖かい空気がまとわりつく。

まだまだ心臓は激しく動いていて、雲の上を歩くように足元がふわふわしている。

現実味が湧かないのだ。この手には、二度と触れることなどないと思っていたのだから。

なにからどう話せばいいのかわからないけれど、とりあえず彼に足を止めてほしくて「社長！」と呼びかける。しかし、彼はなにも言わずにどんどん先を進む。「達樹さん⁉」と呼び方を変えてみても、効果はなし。

どこまで行くのかと困惑していたとき、人気《ひとけ》がない裏路地に差しかかったところで、ようやく立ち止まってくれた。

これで話ができると思ったのもつかの間、今度は別の理由で不可能になってしまう。

「う、んん……っ！」

私の唇は、彼に食されてしまったから。

頭を押さえられてお見舞いされる噛みつくようなキスは、荒々しく濃厚で、私のすべてが彼のものにされるみたい。幸福な苦しさで窒息しそうになった。

……というか、本当に苦しい！

ドキドキしている上に、息つく間もなく唇を塞がれるものだから、頭の中が白くなってくる。トントンと胸を叩き、三途《さんず》の川を渡る前になんとか解放してもらった。

「はぁっ……し、死にます！」

胸にしがみついて、肩で息をする私は、涙目で達樹さんを見上げてキョトンとした。絶対笑われるだろうと思ったのに、彼は意外にも、あまり余裕がなさそうな顔をしている。

「今すぐお前を食いたいのを我慢してるんだ。これくらい許せ」

欲求を堪えた様子でぶっきらぼうに言われたそのひとことに、胸がキュンと鳴いた。獲物にされて喜ぶなんて、私はどれだけ彼の虜になっているのだろうか。求められることが、なにより嬉しい。

達樹さんは安堵のため息をつき、私をしっかりと抱きすくめる。

「よかった、あいつのものにならなくて……。でもお前、ただ言いなりになってるだけじゃなかったな」

安心する腕の中で、先ほど葛城さんに物申していたことを思い返し、私はいたずらっぽく小さく笑う。

「この堅苦しい頭を使って、悪あがきしてみようと思ったんです。私、あんまりしおらしくないので」

「それに関しては感心するが、会社の……俺のために黙って去ろうとするとか、カッコつけるなよ。笑えないだろうが」

おどけてみせても、達樹さんはとても真剣に、心配を露わにしてそう言った。

確かに、あのタイミングで社長が来てくれなかったら、もっと厄介なことになっていたに違いない。

「ごめんなさい」と素直に謝ると、少し身体を離され、情熱をたたえた双眼に視線を奪われる。

「でもそういう綺代が、やっぱりたまらなく好きだ」

……初めて、面と向かって好きだと言われた。

その幸せの威力たるや、言葉では表せない。身体も心も震えて、瞳が潤《うる》んで、喜びや感動が溢れる。

「……私も、大好きです」

なけなしの勇気を出して気持ちを声に乗せれば、目の前の愛おしい顔が嬉しそうにほころんだ。

理性的な話はあとにしよう。今はただ、この笑顔とぬくもりを独り占めしていたい。

どちらからともなく、再び鼻先を近づける。私たちはしばらく夕闇に紛れて抱き合い、唇の熱を分け合った。

街灯や高いビルの明かりが綺麗に輝き始めたみなとみらいの街を、達樹さんが車を停めている駐車場に向かってゆっくりと歩く。

想いが通じ合い、ずっと繋いでいる手から幸せが伝わってくるものの、いろいろと大事なことを思い返すと気まずい。まずは遊園地での件を謝らなければ。

「あの、達樹さん……その節は、誠に申し訳ありませんでした」

「本当にな。どれだけ俺が惨めだったと思ってる」

おずおずと頭を下げた直後に返ってきた冷ややかな言葉がグサリと刺さり、うぐ、と黙り込んだ。

社長様に対してあの仕打ちは本当に悪かったと思っているし、反省もしている。言い訳だけれど、私がああしてしまった理由も話しておこう。

「葛城さんとのこともあったし、それに……達樹さんには忘れられない人がいるんでしょう？　その人と私が似ているって言うから、私は代わりでしかないんだと思ったんです」

俯きがちに、ぽつりぽつりと説明した。綾瀬さんの口ぶりからすると、私に望みはなさそうだったし、大切な人に似ているというのは達樹さん自身が言っていた。それもあって離れようとしたというのに、次に彼の口から出たのはこんな言葉。

「それは誤解だ。確かに大切なやつはいるが……」

やっぱりいるんじゃないですか、と物言いをつけようとしたとき、目の前に達樹さんのスマホの画面を持ってこられる。

「この子だよ。ひまり」

ひまりさんというその女性が映っているらしき画面を、元カノの顔はあまり見たくないんですが……と、気乗りしないままチラリと見やる。

そして、目が点になった。こちらに笑いかけているのは、くりっとした瞳で長い黒髪の、ランドセルを背負った可愛らしい女の子だったから。

「え？　女の子？」

「兄貴の子供だ。俺の姪《めい》っ子」

「めっ、姪⁉」

予想外すぎる事実に驚愕し、思いっきり叫んでしまった。

嘘でしょ……。今までずっと私が悩まされていたのが、小学生の姪御さんだったなんて‼

唖然として、ひまりちゃんの写真を凝視する私の隣で、達樹さんはしみじみとこう語る。

「ほんの一年くらい前まで『タツおじちゃんとけっこんする！』とか言ってたのに、彼氏ができたって、あっさり離れていきやがって……。まだ小学二年生だぞ？　最近の子供はマセてるよなぁ」

まさか、この間漏らしていた『もう俺のものではないけどな』という言葉の意味は、そういうことだったの？

これまでの達樹さんの言動を振り返ってみると、他にも思い当たることがあり、私は微妙な顔で呟く。

「もしかして、ヘアアレンジが得意だったり、三年前に遊園地に来たって言ったりしていたのは……」

「あぁ、全部ひまりのためだ」

やっぱり。私の髪を結ぶのがやけに手慣れていたのも、ひまりちゃんにやってあげていたからだったのね！

そう考えると、指切りをしてきたのも同じ理由だろう。納得だ。早とちりしてしまっていた自分がものすごく恥ずかしい。

でも、綾瀬さんのあの言い方じゃ誤解しても仕方ないよね。もしかしたらそれが目的で、わざと勘違いさせるように言ったのかもしれない。

完璧に踊らされてしまった……と脱力する私に、達樹さんはスマホを操作して別の写真を見せてくれる。その様子はまるで父親だ。親バカの。

「これとか可愛いだろ、お前をちっちゃくしたみたいで。泣いて目をこすってるところとか、そっくりだったぞ」

珍しく締まりのないデレた顔をする彼が見せてくるのは、眼鏡をして髪をひとつに結んだひまりちゃんの姿。確かに、彼女は眼鏡をしていてもとっても可愛いし、このスタイルは私と同じだけど……。

「結局、私は子供扱いじゃないですか……」

不満げに呟き、がっくりとうなだれた。似ているのが元カノじゃなくてよかったが、子供というのもまた複雑だ。人間というのはなんとも欲深いもので、両想いだとわかった途端、もっと女として扱われたいという欲が出てきてしまう。

私の心中を察したらしく、達樹さんは呆れたように小さく笑ってスマホをしまうと、私の頭を自分の胸に引き寄せた。

「それとこれとは別だって。さすがにガキにキスする趣味はない」

単純な私は、それもそうか、とあっさり思い直す。

さっきのキスだって、ディープでかなり大人の口づけだったもの。あんなの恋人にしかしないよね……というか、私以外にしてほしくない。

獣のように貪るキスの感覚が蘇ってきて恥ずかしくなりつつ、ちょうどたどり着いた達樹さんの愛車に乗り込もうとする。そのとき、助手席のドアを開けてくれている彼が、平然と恐ろしいことを言い放った。

「安心しろ。約束を破ったお前には、キス百回より重い刑が待ってる」

ギクリとして身体が強張り、サッと血の気が引く。

そういえば、氷室くんからすべて聞いたということは、以前から葛城さんと連絡を取っていたことも当然バレているのだ。

あぁ、恐ろしい。いったいどんな罰を与えるつもりなんだろうか。キス百回じゃ済まないっていうと……と考えて、ベッドの上でのお戯《たわむ》れを妄想してしまう私は、花火に添加される元素と一緒に打ち上げられてしまえ。

顔色を青くしたり赤くしたりする、せわしない私。のっそりと助手席に座り、運転席にやってきた達樹さんに、おそるおそる訴える。

「あの、どうかお手柔らかに……」

「さぁ、どうするかな。縛るか」

「しばっ⁉」

楽しそうに、かつとっても悪そうなお顔で口角を上げる彼の、とんでもないひとことにギョッとする。

縛るって、それはまさか、ＳＭという名のプレイ？　初心者になんてことを！

紫乃ねえに頼んで、動画で予習させてもらうしかないかも、とアホなことを考えてひとりあたふたしていると、隣から小さく笑う声が聞こえた。

そして、彼の口調は真剣なものに変わる。

「俺は本気だ。お前がどこにも行かないように、縛って繋いでおく。これを、左の薬指につける鎖にして」

「……え？」

なにかが差し出されて振り向き、私は息を呑んだ。

達樹さんの手にのせられていたものは、小さな黒い箱に納まる真っ赤な美しい薔薇《ばら》たち。その真ん中に、ひと粒の宝石が眩いばかりにきらめいている。

実際に見たことはほとんどないのに、わかる。高貴な輝きを放つそれは、ダイヤモンドだと。

「っ、これ……!?」

衝撃で、それ以上の言葉が出なかった。

『左の薬指』から連想するものはひとつしかない。この人は、私を繋ぎ留めておく究極の手段があると気づいたんだ。

結婚こそ、最上級の過保護だと——。

無意識に口を両手で覆い、呆然とダイヤを見つめる私に、達樹さんは「本当は誕生日に渡すつもりだった」と明かした。そして、いたずらっぽく微笑んでみせる。

「逃げられなくて残念だったな。俺に守られるために生まれてきたんだと思え」

強気で大げさな言葉だけれど、たまらなく嬉しい。感激でまた涙が込み上げ、呆気なく溢れた。

でも、いまだに信じられない。これが現実だと信じるなんて無理だ。達樹さんと両想いになれただけで幸せなのに、さらにこんなに素敵なサプライズを用意してくれていたんだもの。恋愛経験もなく、地味でお堅い研究員の私が、ドラマのヒロインのような扱いを受けていいのだろうか。

受け取った薔薇の花たちとダイヤが納まる箱を持つ私の手に、ぽたりと涙が落ちた。

「わ、たし……頭固いし、色気もないし、つまらない女ですよ……?」

自信のない呟きをこぼすと、達樹さんはこちらに手を伸ばして眼鏡を取り、指で涙を拭いながら言う。

「そんなお前が誰より魅力的だと思う俺は、よっぽどつまらない男か」

ドキリとすると共に、はっとさせられ、私は慌てて首を横に振った。

彼はふっと優しく微笑み、諭すようにゆっくり、しっかりと想いを伝えてくれる。

「綺代と一緒にいるのは楽しいよ。人を気遣う優しさとか、なにに対しても真面目に向き合う姿勢はすごいと思うし、しっかりしてそうに見えて抜けてるところも、男に免疫がないところも可愛いと思う。とにかく、全部に惚れてるってことだ」

せっかく拭ってくれたのに、温かい雫はとめどなく流れて頬を濡らしてしまう。

自分のいいところもダメなところも受け入れて、守って、好きになってくれる人に出会える確率はどれだけだろうか。彼の一言一句が私にはもったいなさすぎて、肩をすくめた。

すると、そっと手を握られ、彼の左手が愛おしそうに私の頬を包み込む。見つめ合わせられた瞳は、ダイヤにも引けを取らないほど気高く、美しい。

「今すぐ一緒になりたいとは言わない。でも、俺の未来には、必ずお前が隣にいてほしい」

……極上のプロポーズに、胸がいっぱいではち切れそう。

あなたが必要としてくれるなら、私はいつまでもそばにいたい。力になりたい。部下としてだけじゃなく、ひとりの女性として。

「ありがと、ございます……っ」

きっとひどいことになっているであろう泣き顔で、心の奥から湧いてくる想いを言葉にする。

「初めてです。これからもずっと一緒に生きていきたいと思った男の人は。達樹さんだけ……」

涙声で伝えた直後、引き寄せられて強く抱きしめられた。

彼の胸で泣きじゃくる私は、やっぱり子供だろうか。だとしても、彼が向けてくれるものは父親代わりなんかではなく、ひとりの男性としての愛だと実感できる。

相手を信じること、それもまた愛なのだと知った。

恋愛には正しい計算式も、答えもない。

でもきっと、今が幸せだと思えたら、これが私たちにとっての正解なのだ。

恋人作成方法その三・惚れ薬入りチョコレート

電撃的なプロポーズから二日後の日曜日。さっそく達樹さんとデートの仕切り直しをした。ちょっぴりリッチなランチを食べ、元素の展覧会に連れていってもらい、横浜の街をぶらぶらして……という感じで、最高に楽しくて幸せだった。

絶対、元素には興味がないにもかかわらず、つまらないと感じている様子は見せず、むしろ一緒に楽しもうとしてくれた彼は、まさに理想の人。私はこんなに恵まれていていいのか、と不安になるくらいだ。

まだ夢見心地でいたくても現実はそう甘くなく、月曜日がやってきてしまった。でも、会社に行くのは憂鬱ではない。それはもちろん達樹さんの姿を拝めるから。恋人という存在は、これほどまでに心を豊かにしてくれるものなんだと、しみじみ思いながら出社した。

研究課の事務所に入るなり、私を見つけた咲子ちゃんが感激したような顔で駆け寄ってくる。

「綺代さ～ん‼」

「うわ、さっこちゃん⁉」

彼女はマシュマロボディのふくよかな胸を押しつけ、熱い抱擁をかましてきた。

「よかったですね！　ほんっとーによかったですね‼」とめちゃくちゃ喜んでくれている。この休み中に、咲子ちゃんと氷室くんには一応報告しておいたからだ。

彼女の後ろから現れた氷室くんも、貴重な温かい笑顔を見せる。

「遅すぎる春がやってきましたね」

いつか言われたのと同じ嫌味な文句も、今は軽く笑い飛ばせる。相談に乗って、応援してくれたふたりに「ありがとう」と心から感謝をして、今夜は飲みに行こうと約束した。


そうしていつになく胸を弾ませて仕事をこなしていると、昼休憩に入って間もなく、思わぬ人物が研究課に現れた。

「お疲れ様です」という美声で男性社員の視線を集めるその人は、なんと綾瀬さんだ。

彼女は私を見つけると、にこりと綺麗な笑みを向けて言う。

「倉橋さん、少々お時間いただけますか？」

若干ギクリとして、口の端が引きつる。

もしや、達樹さんと付き合い始めたことが早くもバレたとか？

心当たりがありすぎて、ものすごく気乗りしない。とはいえ、やっぱり断ることができるはずもなく、そろそろと彼女の元へ向かった。

廊下に出ると、奥の非常階段のほうへと歩いていく綾瀬さんに続く。誰もいないそこで足を止めた彼女に、とりあえず普通に尋ねてみる。

「どうしたんですか？」

綾瀬さんは少々決まりが悪そうに目を逸らし、珍しく口ごもるような調子でこんなことを言った。

「この間は、誤解させるようなことを言って悪かったわ」

予想外の謝罪に、一瞬キョトンとした私はすぐに目を見開く。

「どうしたんですか⁉」

「なんとなく謝りたくなっただけよ、うるさいわね」

同じ言葉を繰り返すと、美人秘書は眉間にシワを寄せて悪態をついた。相変わらず厳しくとも、謝られたことの驚きで気にならない。

ぽかんとし続ける私に、腕を組んだ彼女は気まずそうに、でもしっかりと話しだす。

「あなたに似てるっていう子が、社長の姪御さんだってことは知ってた。それを利用して、ちょっと引っ掻き回してやろうと思ったの。社長があなたに惚れ込んでることにも気づいてたし。……ただの嫉妬よ」

　真意が明かされ、やっぱりそういうことだったのかと納得していると、綾瀬さんは仏頂面のまま「別に、あなたが嫌いでしたわけではないから」と付け加えた。

　私は単純だ。今のひとことだけで彼女に対する苦手意識が薄れていくのだから。

「この私を蹴落としていったんだから、せいぜいうまくやりなさいよ」

　綾瀬さんはぶっきらぼうに言い放ち、一歩を踏み出して私の前から去ろうとする。

　今のも、嫌味に聞こえて、もしかしたら私を誤解させたことへの罪滅ぼしのエールなのかもしれない。そう思うと心が丸くなったように感じ、私は彼女に向かって声を投げる。

「綾瀬さんって、ツンデレだったんですね」

　思わず、というようにこちらを振り返った彼女の頬は、ほんのわずかに赤みを帯びていた。

　おっ、と目を丸くする私を、彼女は瞬時に冷たい表情になって睨み据える。

「……やっぱりあなたって気に食わない」

「すみません、冗談です」

そそくさと謝れば、彼女の口元が緩み、ふふっと笑みが漏れた。それは私が初めて見る彼女の自然な笑顔で、とても可愛らしく、魅力的だと思った。

どうか、彼女にも幸せな未来が訪れますように。


今日の仕事も無事終えた私たちは、会社の最寄りの駅前にある海鮮居酒屋にやってきた。月曜日なので飲むのはほどほどにしようとはいっても、やはり最初は黄金のビールで乾杯だ。

「それでは改めて。綺代さん、おめでとうございまーす！」

咲子ちゃんの音頭でグラスを合わせ、私も改めて「ありがと」とお礼を言った。

ここに来るまでにかいつまんで話したため、隣に座る咲子ちゃんは、さっきからふにゃふにゃの笑顔になっている。

「びっくりでしたよ。まさか恋人になっただけじゃなくて、婚約者になっただなんて！　羨ましーい」

「私も死ぬかと思ったわよ……」

あのサプライズには完全にやられた。

ああいう色気のあるものに関しては知識がないから知らなかったのだが、あれはフラワージュエリーというのだそう。花はいつまでも枯れないプリザーブドフラワーだから飾っておけるし、ダイヤは指輪やネックレスなどの好きなアクセサリーに加工できる。

達樹さんは私の指のサイズを知らなかったため、あの方法にしたらしい。なにからなにまで完璧だ。

恋人同士になった直後にプロポーズされるというのは、普通は引いてしまうのかもしれないが、まったくそんな気にならない私は相当彼に惚れ込んでいるようだ。そして、結婚の約束をしてまで私を繋ぎ留めておこうとする彼も同じだと思いたい。

「指輪ができたら見せてくださいね」と言う咲子ちゃんに微笑んで頷き、いつか愛の証《あかし》が輝くことを想像して、つい左の薬指を眺めてしまった。

そして頼んだ料理が次々と運ばれてきた頃、向かいに座る氷室くんがふいにこんなことを言う。

「それにしても、プライベートの社長って、実は性格違ったりします？」

新鮮な魚のお造りに箸を伸ばした私は、そのままぴたりと止まる。

紳士的で穏やかな態度を会社や人前では徹底しているはずなのに、氷室くんはなぜ気づいたのだろうか。

「なんで?」

「倉橋さんと葛城さんが会ってるってことを教えたとき、すごい迫力だったんですよ。どこかの組の人なんじゃないかって疑うくらい」

「くっ」

派手めのスーツを着て、背中に入れ墨でも入っていそうなガラの悪い達樹さんを想像し、吹き出しそうになった。

しかし氷室くんは「拷問されてるような気分でした」と真顔で言うから、どれだけすごい追及だったのかと呆れてしまう。

とりあえず、驚いている咲子ちゃんにも、彼がオンとオフを使い分けている理由をざっくりと教えておこう。

「いろいろとやりやすいから外面はよくしてる、みたいなことを前に言ってたよ」

「へぇ。じゃあああのときは、外面とかどうでもよくなるくらい、倉橋さんのことが心配だったってことですね」

氷室くんがしたり顔で口角を上げるものだから、恥ずかしくなって肩をすくめた。

すると、飲み干したグラスをドンッと置いた咲子ちゃんが、急にムスッとした顔になってぼやく。

「もー、綺代さんだけ幸せになっちゃってー。これから誰と分子ガストロノミーについて語り合えばいいんですかぁ〜」

「普通に語り合えるから」

テーブルにおでこをくっつける咲子ちゃんの背中を、私はぽんぽんと叩いてツッコんだ。彼女の酔いが早いのはいつものことなので、私たちは動じない。

突っ伏したかと思いきや、むくっと顔を上げた彼女は、今度はピシッと姿勢を正して、急にこんな宣言をする。

「ということで、綺代さんに最適なミッションを課します！」

「唐突だね」

少し眉をひそめて怪訝そうな顔をする私に、咲子ちゃんは自分のバッグをごそごそと漁《あさ》って取り出したなにかを差し出してくる。

氷室くんと一緒にそれを見下ろし、一瞬固まった。

「私たち研究員の真価が問われるときが来ましたよ」

含み笑いをする彼女と、差し出されたものを見て、意味を理解した私は口の端を引きつらせた。

それから数週間後、私たちサンセリールもお盆休みに入った。

皆が出かける中、私はなんと達樹さんのマンションに滞在予定。それも、連休中ずっといろ、という命令だ。

『本当は監禁してやりたいくらいだが』なんて、シャレにならないことを軽く笑って言わないでほしい。今回だって私にとっては大事件だもの。昼間はどこかに出かけるとしても、数日間一緒に寝泊まりするって考えただけで、頭が爆発しそうになる。

しかし、達樹さんがそれをやめてくれるわけもなく、わが家のお姉様方も彼との交際を知ってから大盛り上がりで〝どんどん行け！〟というスタンスなので、誰も阻止してくれる人はいない。

結局、連休初日の今日は着替えが入った大きなバッグを持って、彼が住む三十五階建てのタワーマンションにやってきたのだった。

初めてやってきたそこは、コンシェルジュが常駐しているホテルのような住処《すみか》で、ロビーからエレベーター、廊下に至るまで高級感があり、清潔に保たれている。改めて社長様の偉大さを実感しながら三十二階に上り、ついに彼の部屋に足を踏み入れた。

その瞬間、私が感嘆の声を上げたのは言うまでもない。

対面式のオープンキッチンからも海が見える。夕日が沈みそうな今、まず夕飯を作ってあげようと思っていた私はそのキッチンに立ち、うっとりしていた。

「海を見ながら料理ができるって、最高ですね」

「俺はキッチンで綺代の姿が見られるほうが最高だけどな」

達樹さんは、買い物袋の中から取り出した缶ビールを冷蔵庫にしまい、そう言ってゆるりと口角を上げた。

キュンとすることをなにげなく言ってくれるものだから、顔に締まりがなくなってしまう。……どうしよう、幸せすぎて溶けそうだ。

惚けそうになるも、初めて振る舞う手料理を失敗しないよう十分に気をつけつつ、取りかかった。

料理は実験と似ているから、初挑戦のメニューでもレシピに忠実に作ればそれなりのものができ上がるけれど、今日は家でもたびたび作るグラタンにした。それにサラダとスープをつければ、バランスもまあまあいいだろう。

簡単なものしか作れないという達樹さんは、ホワイトソースを作る私を見て「おぉ」と控えめに声を上げ、でき上がった料理もひと口食べるたびにいちいち感激してくれた。

ひと安心すると共に、とても嬉しくなる。彼がこんなに喜んでくれるなら、毎日作ってあげたい。

……しかし、窓の外が暗くなり、美しい夜景が広がり始めるにつれて、人知れず私の緊張は大きくなっていた。

夜が近づいてくる。咲子ちゃんから課せられたミッションを遂行するときが、刻一刻と迫ってくる。

この間、居酒屋で酔った彼女が差し出してきたものは、仕事の合間に試作品を完成させていた媚薬チョコレートだった。ミッションは〝社長に被験者になってもらって、媚薬の効果のほどを試してきて！〟というもの。

最初は、いやいやいや……と思ったものの、確かに効果が本当にあるのかどうかは気になるし、元はといえば私の恋人作りのために始めたことだから、ここで試さないでいつやるの？という感じだ。

それに……やっぱり、心だけじゃなく身体も愛してもらいたいという欲求はある。そうなってこそ、本物の恋人として胸を張れるんじゃないだろうか。

考えた結果、バッグの中にチョコレートを忍ばせてきて、彼が気づかないうちに冷蔵庫に入れておいた。あとは、いつ食べてもらうかが問題だ。やっぱり食後が一番自然だろうし、そろそろかな。

　タイミングを計算し、食べ終わった食器をそわそわしながら洗っていたときだ。こちらに空いたグラスを持ってきた達樹さんの「サンキュ」という声と、ぽんと頭にのせられた手に反応し、大げさにビクッと肩を跳ねさせてしまった。その勢いで、私の口からは勝手にこんな言葉が飛び出す。

「あっ、あの！　デザート食べませんか⁉」

　勢いよく振り向き、無駄に明るく提案する私を、彼はパチパチとまばたきをして見つめる。

　ついに切り出してしまった、とあとに引けない気持ちになって、へらっと笑い、洗い物を中断して冷蔵庫のほうに向かった。そこから綺麗にラッピングした箱を取り出して、達樹さんに手渡す。

「これは……チョコ？」

「はい。手作りです、一応」

　嘘ではない。嘘ではないけど「わざわざありがとう」と微笑む彼を見ると、少々罪悪感が生まれる。

　とりあえず、リビングのソファに移動する達樹さんについていき、隣に腰を下ろした。そして、彼がチョコレートをつまむのをドキドキして見つめる。

いちじくのペーストを使ったなめらかなソースを注入したチョコレートは、もちろん私たちも味見していて、なかなかいい仕上がりだと自負している。

ちなみに味見は、各自家に持ち帰ってひとりで食べる、という方法を取った。その時点では、媚薬のような効果は感じられなかったという意見で一致したが、異性がいる場面で食べたらなにか変化があるかもしれない。わずかな期待を込めて、チョコレートを口に運ぶ達樹さんを見つめていた。

しかし、口に入れて味わい始めたかと思いきや、こちらを向いた彼の手が伸びてきて、しっかりと後頭部を支えられた。

急に距離が縮まって驚く私の視界に、意味深に目を細めて微笑む美しい獣の表情がアップで映る。

「せっかくだけど、お前にやるよ」

「え……っ、んぅ――!?」

どういうことかと混乱したのもつかの間、素早くキスで口を塞がれ、かと思えば唇をこじ開けられて、表面がとろけた甘い固体が押し込まれてきた。

う、わ、チョコレートが……。これはまさか、口移し!? なんで?

口の中も、唇も、絡められる舌も、甘くて甘くて、自分までチョコレートになってしまったかのような錯覚に陥りそうになる。

チョコも私もすっかり溶かされ、ようやく唇が離された頃、私は呼吸を乱して恍惚《こうこつ》としていた。

ペロリと唇を舐めた艶めかしい達樹さんは、いたずらっぽく口角を上げる。

「俺には必要ないって言っただろうが」

そのひとことで、私は察知した。彼には動物並みの嗅覚があるのではないかと。

「もしかして、バレてました？」

「バレバレ」

やっぱり！　さっこちゃんに氷室くん、あっさりミッション失敗しました。ごめんなさい……。

いまだに媚薬チョコ研究をしていたと知られてしまったことも恥ずかしいし、呆れられているに違いない。やってしまった、と頭を垂れる私に、余裕の声が投げかけられる。

「自分で食べてみて、どうだ？」

そう問われ、ひとりで味見したときとはまったく違う感覚になっていることに、はたと気づいた。それと同時に、達樹さんが『媚薬なんて必要ない』と断言する理由も理解できた気がする。
「……ドキドキしてます、尋常じゃなく。でも、これはチョコのせいじゃなくて……
たぶん、達樹さんがそばにいるからだと思います」
顔も身体も熱くて、奥のほうが疼《うず》くようなこの感覚は、おそらく媚薬の効果と似て
いるだろう。
しかし、それはチョコレートのおかげではないと、なぜだかはっきり感じる。この
人を好きだという自分の気持ちが、本能が、身体を高ぶらせているのだと。
高揚感で瞳を潤ませる私の考察を聞き、達樹さんは満足げな表情を浮かべた。
「ようやくわかったか。好意を持ってる相手の存在自体が媚薬になるんだよ。その人
の声とか、視線とか、触れる体温が」
甘い声を紡ぎ、産毛を撫でるように私の頬に滑らせた彼の手は、流れるように髪を
そっと掻き上げる。
愛おしそうに触れてくれるその手つきにもドキドキしつつ、高揚しているのは私だ
けではないか確認しておきたい。
「達樹さんも、そうなってくれてるんですか?」

否する。

「もちろん。確かめたいか？」
そんな言葉と共に突然、右手を取られたかと思うと、グイッと引っ張られる。そのまま彼の脚の間へと誘導させられそうになり、意味を理解した私はすぐさま拒否する。
「わぁぁ、結構ですっ‼」
生娘《きむすめ》に、なにをさせようとしているんですか！
目を白黒させて叫び、顔も真っ赤になっているだろう私を見て、大胆な狼さんはお
かしそうに笑った。そして今度は私の背中に優しく手を当てて引き寄せ、その腕で
しっかりと包み込む。
「綺代とふたりでいるだけで欲情してる。ずっと我慢してた」
耳元で囁かれ、心臓が大きく波打った直後、目に映る景色がふわっと反転した。
身体が後ろに傾き、ほどよい硬さのソファに倒される。視界には、天井をバックに
私に覆い被さる、情欲を露わにした彼が映る。
「もう溢れてるんだよ、お前への愛が。全部受け止めてくれ」
余裕がなさそうな色っぽさと真剣さが交じり合った表情で、嬉しくなることを言わ
れたら、頷かないわけがない。

「……喜んで」

緊張で、きゅっと締まる喉から精いっぱいの返事をした瞬間、性急に唇が下りてきて、濃密なキスを交わした。

どんどん激しさを増すキスは、唇に留まらず耳や首筋に移り、甘い余韻を残していく。服の上から至るところを撫で回されるだけで、呼吸が荒くなる。

獣と化した彼は、たまらなくなったように背中に手を回して私の上体を起こし、ソファに座らせて一気に服を脱がせた。

さらにブラのホックも片手で外され、隠す間もなく圧迫感がなくなった胸の頂きを口に含まれ、甘い痺れが走る。

「あっ、やぁん……っ！」

自分のものじゃないような変な声が漏れ、思わず彼の柔らかな髪を掻き抱いた。舌で転がしたり、甘噛みしたり。与えられる初めての快感におかしくなってしまいそうで、無意識に首を横に振って耐えていると、ふと彼が顔を上げる。

「そういやお前、初めてだよな」

思い出したように言われ、火照った顔で涙目になったまま小さく頷いた。すると、達樹さんは半裸の私を抱きかかえて立ち上がる。

「がっついてないでベッドに行くか。丁寧に、よく味わっていただくことにする」

首にしがみついた私に、彼は妖艶な笑みを見せてドキリとすることを言うと、リビングの隣にある部屋へと向かった。

ラグジュアリーな雰囲気の寝室。その広いベッドにふたりの身体が沈む。


それからは達樹さんの言葉の通り、身体の至るところに舌を這わされ、指で弄られて、チョコレートを温めるようにゆっくり溶かされた。

狼のくせにその行為は意外にも紳士的で優しく、「可愛い」と何度も囁かれて、胸がキュンとして。

ひとつになるとき、尋常じゃない緊張や羞恥心はあっても、怖さはまったくなかった。痛みをキスで逃がしてなんとか彼を迎え入れれば、心も身体もいっぱいに満たされ、たまらない気持ちになる。

「綺代……愛してる」

蜂蜜のようにとろけてツヤめく声が、わずかな苦しさを交じらせて私の鼓膜を揺らした。

耽美《たんび》なその響きにうっとりと浸り、絡み合う指にきゅっと力を込める。

「私も、あ、い、してる」

普段なら絶対恥ずかしくて言えない言葉が、たどたどしくも自然と口からこぼれ、快感を堪えているような彼の顔も幸せそうにほころんだ。

達樹さんから与えられる愛も、私が与える愛もめいっぱいで、まさに飽和状態。もったいないほど溢れさせても、枯らしたりしない。永遠に。

熱い素肌を重ね合わせながら、私はそんな大層なことを真剣に誓っていた。

なるべくしてなる甘い運命論

——見慣れた自分の部屋。赤いランドセルがのった机。目の前にいる、亡くなったはずの父。

いつかも見たような気がするこの光景を再び目にした私は、そういえば以前こんな夢を見たことがあって、今もそれと同じ世界にいるのだと理解した。

夢を夢だと認識できていることがすごい、とぼんやり思っていると、父がにっこり笑って私の頭を撫でる。

「よかったなぁ、綺代、いい人が見つかって。これで父さんも安心してあの世に逝《い》けるよ」

「もう逝ってるでしょ」

冷静にツッコむと、彼はおかしそうに笑った。かと思えば、少し真面目な顔になってこんなことを言う。

「俺は確信してたよ。どんな人が現れても、綺代は絶対タツくんを選ぶって」

「調子いいんだから」

「本当だよ。だって、こうなることは必然的だったんだから」

なぜそうやって言いきれるのか不思議で、私は首をかしげる。

「……なんで？」

「そのうちわかるよ」

父はそう言って、ただ穏やかに微笑むだけだった。


それからすぐに目が覚めて、最初は鮮明に覚えていた夢の内容も徐々に薄れていく。しかし、父の『こうなることは必然的だったんだから』というひとことだけはなぜか頭に残っていた。

久々に現れた父のおかげで不思議な感覚を抱きつつ、着替えて一階に下りると、慌ただしく朝の用意をする母と紫乃ねえがいた。いつも通り挨拶をして、私もその中に交じる。

すっきりと晴れた空と、満開に近づき始めた桜とのコントラストが綺麗な今日、サンセリールでは入社式が行われる。研究課にも新メンバーが増えるため、課の雰囲気もフレッシュさが増しそうだ。

清々しい気分で軽く朝食を食べる私に、母が問いかける。

「今日、綺代は夕飯いらないのよね？」

そう、今日は仕事が終わったら大事な約束がある。それを楽しみに一日を乗りきるつもりだ。

「うん」と頷けば、ひと足早く朝食を食べ終えた紫乃ねえが、歯ブラシをくわえて羨ましそうな目で見てくる。

「社長様とデートか。〝今度はぜひ姉も一緒に〟って言っといてよ。待ってるから、豪華ディナー」

「断固拒否」

下心ありまくりの紫乃ねえを、すかさずぶった切った。

達樹さんの恋人になって早八ヵ月。交際は至極順調で、それまでの研究ひと筋だった生活とは打って変わった甘い日々を過ごしている。

私たちのやり取りに笑いながら洗い物をする母は、なんだか遠い目をして言う。

「思い出すわねぇ、ふたりが付き合うようになったときのこと。丈くんと食事しに行ったと思ったらタツくんと帰ってきたから、すごくびっくりしてね～」

「それで彼が、王子様スマイルで『綺代さんを奪ってきてしまいました』って言ったんでしょ？　なんのドラマよ」

呆れたように笑う紫乃ねえの言葉で、私もあのときのことを思い出して気恥ずかしくなる。

葛城さんとのことが一件落着したあと、家まで送ってくれた達樹さんが、母にあっさりと暴露してしまったのだ。おかげで自分から報告する必要がなくなってありがたかった反面、ふたりに散々冷やかされることになった。

あれだけ葛城さん推しだった母もコロッと変わって、『できれば綺代と同じお墓に入ってやってください』と、墓石より重いお願いをして頭を下げていたっけ……。

「彼のこと、しっかり掴まえておきなさいよ。未来の社長夫人」

うふ、と笑って茶化す母に、私は微妙な表情を返して味噌汁《みそしる》をすすった。


いつも通りに出社した私は、時間を見計らって六階の大ミーティングルームに向かった。入社式を終えたあと、研究課に配属された新入社員を事務所まで案内するためだ。ついでに、社長である達樹さんの話を聞こうと思い、そっと会場の隅に紛れ込んでいる。

ずらりと並べられた椅子に、真新しいスーツに身を包んだ五十人ほどの新入社員が緊張した面持ちで座っている。私もこんなときがあったんだな、と懐かしくなって眺めていると、壇上に達樹さんが颯爽と現れ、挨拶を始めた。

すっかり見慣れているのに、気品溢れる堂々としたその姿はいつでも私の胸をときめかせ、さらにシャキッとさせてくれる。

背筋を伸ばす新入社員たちと共に、彼の落ち着く低音の声で堅苦しくなく語られる話に耳を傾ける。

その中で、先日発売された葛城さんとのコラボ商品がすでに大きな話題を呼んでおり、生産が追いつかなくなるほどだという話も出された。

いろいろあったものの、今では葛城さんとすっかりいい関係を築けているのだ。ただし、葛城さんがあっけらかんと失礼なことを言って達樹さんをご乱心させるのは、相変わらずだったりする。

これまでのことを思い返していると、そろそろ終盤という辺りで経営理念についての話に突入した。

「理念のひとつに〝皆様の笑顔を作るお手伝いをします〟というものがありますが、実はこれは、私がこの仕事を目指すきっかけとなった、ある出来事から生まれた言葉なんです」

それは私も初めて耳にする事実で、さらにしっかりと意識を集中させる。

次いで彼の口から出たのは、予想外の発言。

「私が高校生の頃、非常に悲しい事情があって泣いていた女の子に、チョコレートをあげたことがありました」

……え？　嘘、それって……！

私は驚きで目を見開いた。だって、今彼が話したのは、私がサンセリールに入社するきっかけとなった出来事と同じだから。

まさか、達樹さんも覚えてくれていたの？　私たちが最初に顔を合わせたときのことを……。

「私の父はかなりの甘党で。特にわが社のチョコレートが好みだったので、現会長の叔父からもらってよく持ち歩いていました。それを思い出した私は、これで女の子を慰めてあげられるかもしれないと考えて、父からチョコをもらったんです」

そう話す彼は、どこか懐かしそうな目をしている。私も、深い悲しみに襲われた約二十年前のあの日に記憶を遡らせる。

――父の葬儀のとき、泣いていた私にチョコレートをくれたのは、参列者の中の、とても整った顔立ちをした男の子だった。

優しい微笑みで『これを食べたら元気になるよ』と言ってくれた彼は、まるで王子様みたいだと感動したのを覚えている。

その直後、私は急いで母を呼び、去っていく彼を指差して名前を聞いた。

『ねぇ、あの男の子は誰？』

『お父さんのお友達の息子さんよ。泉堂達樹くんっていうの』

『せんどう、たつき……』

父がよく話していた男の子はあの人だったのだとわかり、その瞬間からずっと忘れることはなかった。顔の記憶はだんだん薄れてしまっても、名前だけはしっかりインプットされていた。

でも、そんな些細なことを覚えているのは絶対に私だけだと思っていたから、あえて話さなかったのに……達樹さんも覚えていたなんて。

「スイーツ効果は抜群でした。みるみる笑顔になるその子を見て、驚くと同時に思ったんです。いつかたくさんの人を、サンセリールのチョコレートで笑顔にしたいと」

優しく微笑んで語る彼をまっすぐ見つめる私の瞳に、うっすらと涙の膜が張る。

私がメモ帳に書き留めておくくらい彼の理念を気に入っていたのは、なんとなく自分の体験とリンクしているように感じていたからだった。それが本当に私がきっかけだったとは、予想もしなかった。

熱いものが込み上げる胸に無意識に手を当てていると、達樹さんがほんの一瞬こちらに視線を向ける。

目が合ったような気がして、はっとした次の瞬間、彼は〝内緒ですよ〟とでもいうように、立てた人差し指を口元に近づけて含みのある笑みを浮かべる。

「ここだけの話、その女の子が、私の最愛の人です」

あられもない爆弾発言で会場の皆がざわつき、女性社員は控えめに黄色い声を上げた。私はもう、真っ赤になって俯くしかない。

達樹さん……いくら皆が奇跡的に私たちの交際に気づいていないからって、大胆すぎ！　影響力ありまくりの社長様なんだから、熱愛宣言のスクープは一気に広まってしまうというのに。

とはいえ、皆の前で宣言してくれたことを嬉しく思う自分もいて、私は内心で胸をときめかせて悶えていた。


入社式の一日が終わり、私は達樹さんの車に揺られて、とある場所に向かっている。その車内で話すのは、もちろん今日のこと。

私も初対面のときのことを覚えていて、それがきっかけでサンセリールに入ったと明かすと、彼も結構驚いていた。

「本当にびっくりしましたよ……。まさか達樹さんも覚えていたとは」

「綺代から与えられた影響は、なにげに大きかったからね」

ハンドルを握る達樹さんのその言葉に、ピクリと反応してそちらに目をやれば、含み笑いをして彼が問いかける。

「チョコをあげたとき、お前が俺になんて言ったか覚えてる？」

「あー、えっと、そこまでは……」

「『王子様みたい』って言ったんだよ。眼鏡の奥の真ん丸な目をキラキラさせてさ」

懐かしそうに語られた事実に、私は気恥ずかしくなって頬に手を当てた。

「思ってはいたけど、声にまで出していたんだ……」

ボソッと呟くと、達樹さんはおかしそうにクスクスと笑い、「そのときの印象が強いから、ひまりと似てるって思うんだろうな」と言った。そして、どことなく遠い目で前を見据えて、こんなことを話し始める。

「あの頃の俺は少し荒れてて、あんまり皆は近寄ってこなくてさ」

「え、そうだったんですか⁉」

「親が教師だから反発してたっていうのもある。それに、嫌いなことは嫌いって言うこの性格だし、単純に意地が悪かったから」

意外な過去に驚くも、その理由を聞けば頷けた。

確かに素の彼は正直で、強引で、ちょっと口も悪いし。近寄りがたく感じる人もいるかもしれない。

「こんな俺でも気に入ってくれる友達はいたから、そいつら以外に対しては雑な扱いをしてた。でも、さすがに小学生の女の子にそういう態度を取るつもりはなかったし、なにより泣いてたから、お前には優しい男を演じて話しかけたんだ」

「なるほど……。葛城さんとの接待に同席させようとして、私に近づいてきたときと同じですね」

納得していると、達樹さんは「そうだな」と言って軽く苦笑した。ほどなくして真面目な表情になり、当時の心情を語ってくれる。

「王子様だなんて初めて言われて、クソ恥ずかしかったけど悪い気はしなかった。それに、人に優しくするのも大事だなって思った。叔父の跡を継ぐためには、今のままじゃ誰もついてこないだろうから、こういう紳士的な接し方もしていかなきゃいけないよなって」

達樹さんがオンとオフを使い分けるようになったのはあの頃からで、そんな背景があったのだ。

彼なりに考えてのことだったんだな、と思いながら耳を傾けていると、こんなひとことが飛び込んでくる。

「つまり、綺代が今の俺を作ったってことだ」

その言葉は、水面に雫が落ちたように、トクンと優しく胸に響いた。

さらりと口にされたけれど、それはきっとすごいこと。私が彼の人生に加担しているということなのだから。

でも、私も初対面のときから達樹さんの影響を受けていたと言えるよね……と考えていて、ふと気づいた。

サンセリールに就職したいと思ったのは、泣きやむほどチョコレートが美味しかったせいだけじゃない。それをくれた王子様みたいな男の子との唯一の繋がりが、サンセリールだったからだ、と。

入社して、その男の子らしき人がいると知ってから、私はずっと彼の存在を特別なものとして胸に秘めていた。手が届かない、ただの憧れの人だと思っていたそれが、実は恋の種だった。自分でも気づかぬうちに。

つまり、達樹さんと出会い、恋に落ちたことは偶然ではなく、私が望んだ結果だということ。なるべくしてなった運命なのだ。

『こうなることは必然的だったんだから』

夢の中で父が言ったあの言葉の意味は、そういうことだったんじゃないだろうか。

「私、ずっと前から達樹さんのことが好きだったんだなぁ……」

こんなに単純なことを今になって理解するとは……と、つくづく頭の固い自分に呆れて呟いた。

こちらを振り向いた達樹さんに照れた笑みを向け、「ひと目惚れ、だったのかも」と白状する。理性が大事だのなんだのと言っていたくせに、結局これだ。

すると、ふいに右手がぬくもりに包まれた。左手で私の手をきゅっと握った彼を見れば、セクシーさを醸し出した流し目に捕らえられる。

「……今、無性に抱きたい」

「やめてください」

「じゃあ、今夜は俺の部屋に泊まれ」

本能丸出しのふざけた彼を一蹴したものの、甘い命令に逆らう気はない。

心臓の動きを速めると共に、はにかんでこくりと頷くと、達樹さんは「可愛いな」とひとりごとをこぼして微笑んだ。私は照れ隠しで俯き、繋いだ手に、薬指にダイヤが光る左手を重ねる。

これから向かう場所は結婚式場。式は数ヵ月後、入籍に合わせて挙げる予定だ。その大事な場所の下見を終えたら、彼の部屋でゆっくりと幸せな未来の話をしたい。

この先もたくさん学ぶことがあるけれど、彼と過ごした一年弱の日々で得た、私たちの恋の研究結果をひとまずまとめておくとしよう。

——結論、保護欲高めの社長は甘い狼であり、私は彼を心から愛しているのである。

特別書き下ろし番外編

妻の心得の研究結果

『俺の未来には、必ずお前が隣にいてほしい』

衝撃のプロポーズからちょうど一年が経った昨日、私はついに〝倉橋〟を卒業した。

仕事を終えて帰る場所も、生まれ育った築三十年ほどの実家ではなく、海を見渡せるリッチなタワーマンション。一緒のベッドで寝るのは、旦那様になった大好きな彼。

憧れの新婚生活が始まり、まさに順風満帆……であることは確かなのだが、単純に喜んでばかりもいられない。

なぜなら〝泉堂〟という名前の重さは、まるでブランドのように相当なもので、私がそう名乗ることで不満を抱く人もいるからだ。

今日も工場から研究課に戻る最中に通りかかった休憩スペースで、女性社員ふたりが話をしているのを偶然耳にしてしまった。

『社長の結婚相手って、ガッチガチのリケジョなんでしょ？　なんで見初められたんだろうね』

『あんな人に奥さんが務まるとは思えないよ』

……などなど、私をけなす文句の数々を。

社長との婚約を公にした頃から、他部署の女性社員がひそひそと囁く悪口を耳にすることはたまにあった。

そうなることは予想していたし、心強い味方の咲子ちゃんや氷室くんもいるし、もちろん病院送りにされるようなこともない。

なにより、達樹さんが以前と変わらず過保護に守ってくれるから、大抵のことは気にせずに済んでいる。ときどき心底腹が立ち、エヴェレットの多世界解釈でも語って黙らせてやろうかと思うことはあるけども。

しかし今日は、なんとなく女子ふたりの言葉が頭の中でぐるぐると回っていて、夕飯を準備している今も考え込んでしまっている。

……私に奥さんが務まるとは思えない、か。

そもそも、どういうことをすれば皆が納得するような夫婦になれるのだろう。ご飯を作って、掃除洗濯をして、仕事を終えて帰ってくる旦那様を迎えれば、それでいいのだろうか。

トマトソースの中でぐつぐつと煮込まれる鶏肉を見下ろして腕を組み、しばし、うーんと唸る。

「……こうなったら研究するしかないわね。妻の心得というものを」

考えた結果、やはりこれしかない、と決めてひとりごとをこぼした。

料理の合間にスマホを弄って、妻が心がけるべき事項について調べてみる。〝テレビを消して会話をすること〟〝喧嘩《けんか》してもその日のうちに仲直りすること〟〝夫の親も大事にすること〟などなど、結構いろいろ出てくる。

なるほど、と頷きながらさらに検索していると、面白そうな記事を見つけた。夫婦間のコミュニケーションによって、心理や身体にどんな効果がもたらされるのか科学的に考える、というものだ。

とあるコミュニケーション手段について書かれた記事をじっくり読むと、実際にはどうなのか検証してみたくなる。

……よし、やってみよう。達樹さんと素敵な夫婦になるために、なんでもチャレンジしてみないと！

そう意気込んで夕飯の支度も終えた午後七時。玄関のドアが開く音がして、私はしっぽを振る犬のように旦那様のお出迎えに向かった。

「おかえりなさい」

笑顔で迎えると、達樹さんも麗しい微笑みで「ただいま」と返す。このなにげないやり取りも、小さな幸せを感じる瞬間だ。

受け取った彼のバッグを無意識に胸に抱きしめ、私はさっそく例の実戦をするべく、意を決して口を開く。

「ねぇ、達樹さん」

「ん？」

「ご飯にする？　お風呂にする？　それとも……わ、わ、わた――」

「ぶっ」

靴を脱いで上がった達樹さんは、キョドる私に吹き出して、かくりと頭を垂れた。

そして肩を震わせて笑う。

あーもう、なんで肝心なところで詰まっちゃうかな！

恥ずかしさが勝ってしまって、結局失敗する自分が情けない。うなだれる私を見て、彼はなんとか笑いを堪えようとしている。

「はぁ……頭の中ではちゃんと言えたのに」

「なんだよ突然。綺代らしくないことを」

「新婚さんといったら、やっぱりこれかと思って」

〝ご飯にする？　お風呂にする？　それとも私？の正しい回答とその根拠〟という記事があったものだから、達樹さんはどれを選ぶのか試したかったのだ。

でも、慣れないことはするものじゃない。旦那様を誘っているはずが、まったく色気なんて漂っていないし。

「実際に言われると笑いしか起きないが」

「うっ……」

「一生懸命なお前が可愛いから、乗ってやる」

彼の正直さがグサリと胸に刺さったかと思いきや、前向きな言葉をもらえて、はっとする。

顔を上げれば、ネクタイを緩めるセクシーな彼がゆるりと微笑んでいた。

「まずは風呂だな」

その選択に、私は目を丸くした。普通なら〝お前〟と言ってもらいたいところだけれど、実はこれが理想的な回答らしいのだ。

男性の動物的本能のみで考えると、空腹時には生存の危機を感じて子孫を残す本能が働くという。しかし、ここでベッドインするのではなく、お風呂に入って一旦理性を保つのがいいのだそう。我慢をすることでさらに軽い飢餓状態が作り上げられ、結果的により性欲が高まるというのだ。

さすがは肉食狼。本能でこの最良の選択をするとは恐れ入る。

なんだか感動しながら「わかりました」と頷き、さっそく入浴していただこうと部屋の中へ移動し始めたときだった。

「一緒に入るんだぞ」

「へ？」

思いも寄らないひとことが投げかけられ、キョトンとする。そんな私に流し目を向け、達樹さんはいたずらっぽく口角を上げた。

「風呂とお前、両方にする」

……新しい選択肢！

その四択目はまったく予想しておらず、ぼっと顔を熱くする。ふたりでお風呂に入るのは初めてだし……！

夫婦になっても相変わらず、この人にはどんな理屈も通用しないらしい。

「……やっぱり、恥ずかしい」

湯気が充満するバスルームに、ボソッとこぼした私の声が響いた。

すでに何度も裸は見られているのに、お風呂だとまた違った緊張感がある。

広いバスタブの中に縮こまる私を、達樹さんは背中から抱きしめ、耳元でクスッと笑う。

「恥ずかしがるお前を抱くのが最高の快感だ」

『変態！』と声を上げようとした瞬間、彼の手が私の胸を包み込み、その先端を指できゅっとつまんだ。

思わず肩が震え、パシャッとお湯が跳ねる音と、艶めかしい声が交じり合う。

「あっ、ん……！」

自分の声がよく響いて、さらに羞恥心が掻き立てられる。それに比例して、快感も高揚感もどんどん増していく。

「は……幸せだ」

胸を弄る手を止めず、首筋に舌を這わす達樹さんは、セクシーな吐息と共にひとこと漏らした。その声には実感がこもっているように聞こえ、嬉しくなる。

チラリと振り向くと、彼は私の後ろ髪に手を挿し込んでしっかりと向き合わせ、深いキスをする。私の耳に入ってくるのは雫が落ちる音なのか、舌を絡める官能的な音なのか、今は判別できない。

濃厚な口づけのあと、息を乱して唇を離し、とろんとした瞳で彼を見つめて言う。

「私、ずっと達樹さんに好きでいてもらいたい」

濡れた前髪がかかる綺麗な双眼が、締まりのない顔で微笑む私を映す。

「だから、これからもっと努力します。いい奥さんになるように」

改めて思ったことを素直に口にすると、達樹さんは私の髪を撫で、心配そうに眉を下げる。

「もしかして、また誰かになにか言われたか」

「ちょっとだけ。でもへコんでいるわけじゃないですよ。このくらいでめげるなら、最初から達樹さんと結婚しようなんて思いません」

本当のことだから、笑って明るく言いきった。

めげるどころか、むしろ見返してやりたい気になっているもの。ああやって陰口を叩かれなくなるくらい、達樹さんに釣り合った奥さんになりたい。

じっと私を見つめていた彼の瞳が、愛おしそうに細められる。

そして、私の髪を撫でていた手をそっと自分のほうに寄せ、おでことおでこがコツンとくっついた。

「誰がなんと言おうと、綺代は俺にとって最高の嫁だよ」

甘やかされているだけだとしても、その言葉は素直に嬉しい。

達樹さんはおでこをつけたまま、片手を私の火照る頬に当て、優しく微笑む。

「努力はしてくれてもいいが、無理はするな。俺はお前の笑顔をずっと見てたくて一緒になったんだから」

「……うん。ありがとう」

大きな愛に包み込んでもらえて、私はつくづく幸せ者だと感じる。彼に深く感謝すると共に笑みを返し、再びキスをねだった。

優しい狼は、唇で、指で、あらゆる性感帯を攻め立て始める。私は果実のように熟され、理性もいとも簡単に溶かされてしまっていた。バスルームの熱気も相まって、熱く疼いてたまらない身体をどうにかしてほしくなる。

ベッドに移動してからも、夕飯がまだだというのに愛されたい欲には勝てない。本能に従って四肢を絡ませ、甘い甘い蜜月の一夜に溺れるのだった。


妻の心得は、着々と習得していった。一年目の結婚記念日を過ぎた今、ようやく泉堂綺代と呼ばれても気後れしなくなったし、陰口を聞くこともほとんどなくなった。

今日も嫁業のひとつとして、結婚当初から私のことも温かく受け入れてくれている達樹さんのお兄さん夫婦の自宅にお邪魔している。

「きゃー、可愛い〜！」

控えめに高い声を上げる私が覗き込むのは、ベビーベッドで小さな手足をバタバタさせている生後一ヵ月の赤ちゃん。お義兄《にい》さん夫婦の間に産まれた、第二子となる男の子だ。

私の隣で同じように覗き込んでいる達樹さんも、さっきから表情が緩みっぱなしだ。

「ひまりが産まれたときのこと、思い出すな」

「あたしも可愛かった？」

彼の隣に、ぴょこっと飛びついてきたひまりちゃんは、上目遣いでそんなふうに尋ねた。

現在、小学四年生の彼女は、どんどん成長して日に日に可愛さも増している。私の旦那様が盗られないか、若干心配になってしまいそうな勢いだ。

達樹さんは彼女の長い黒髪を撫で、とろけそうな笑顔を向ける。

「当たり前だろ。俺の子にしたいくらいだったよ」

「本当⁉　タツおじちゃんがパパだったら、皆に超〜自慢したのに！」

「ひ、ひまり……」

彼女のひとことに感激したらしく、達樹さんは片手で口元を覆って震えている。毎度デレデレの彼に私はあえてなにもツッコまず、微妙な笑みを浮かべていた。

すると、ひまりちゃんママが赤ちゃんを抱き上げ、私に近づく。

「綺代ちゃん、抱っこする？」

母性溢れる笑顔の彼女に問いかけられ、私は正直戸惑った。

実は、密かに不安を抱いていたから。

達樹さんとの家族はいつか欲しいし、子供は可愛いと思う。でもそれは、人の子を見ているだけだからいいのかもしれない。自分にもちゃんと母性が湧くのだろうか、と。もし、抱っこしてなにも感じなかったらどうしよう。

不安が拭えないものの、断りたくもない。

「いいんですか？」と確認し、ぎこちない手つきで赤ちゃんを抱かせてもらった。

「ひゃー、軽い、怖い……！」

こんなに産まれて間もない赤ちゃんを抱っこするの、初めて！

小さくて細くて、今にも折れてしまいそうで怖い。しかし、ドキドキしながら抱っこしているうちに、しっかりと感じることができてくる。

軽いけれど腕に馴染む重み。温かく、優しいにおい。こんなに小さくても、頑張って生きている命──。

胸の奥からじわじわとなにかが込み上げ、それと同時に、父が産まれたばかりの私を抱っこしている、いつか見た写真が頭に思い浮かぶ。

写真の中の父は、とっても幸せそうに笑っていたっけ。

「私や紫乃ねえが産まれたとき、お父さんもこんな気持ちだったのかな……」

腕の中でおとなしくしているつぶらな瞳を見つめ、ぽつりとこぼした。その呟きが聞こえたらしい達樹さんが、そっと頭を撫でてくれる。

なんだか胸がいっぱいになり、私は瞳を潤ませながら笑って、「本当に可愛い」と何度も口にしていた。

どうやら、私に母性が湧くのか、という心配は無用だったらしい。

お義兄さん夫婦の赤ちゃんと触れ合って以来、街ですれ違う子供についい目がいってしまったり、お腹が大きな妊婦さんを見ると、いいなと思ったりもする。

だから私は、ついに新たな研究を試みることにした。

「男の子になるY染色体を持つ精子は、アルカリ性の環境に強い。膣内《ちつない》の酸性を中和させる必要があり、そのためには女性がオーガズムを感、じる性、交を……!?」

夕飯の準備をしている最中、科学的根拠に基づいた男女の産み分けについての記事をなにげなく読み上げていた私は、思わぬ方向に進む話にギョッとした。

避妊しない覚悟はできたし、どうせなら達樹さんの跡継ぎとなる男の子が欲しいと思って調べていたのだけど、まさかこんな方法だとは！

「つまり、お前を気持ちよくしてやればいいってことだろ。得意分野だ」

「ひゃあ！」

突然背後から腰に手を回され、耳元で囁かれたため、驚きでスマホを落としそうになった。

達樹さん、いつの間に帰っていたの⁉　思いっきり聞かれてしまうとは、なんたる失態……というか、『得意分野』って。

私が子作りをしたいと考えていると悟ったであろう彼は、グイッとネクタイを緩め、向き合わせた私の眼鏡に手をかけて外した。裸眼でも、不敵で美しい笑みがはっきりと映る。

「じゃあ、さっそくしようか。愛のある実験を」

「っ……お、お願いします」

この旦那様には、いつまで経ってもドキドキさせられる。それを嬉しく思いながら小さく頭を下げ、照れ笑いを浮かべた。

今日は妻の心得のひとつ、〝セクシーなランジェリーを身につけること〟もちゃんと守っているし、ちょっぴり驚かせてあげられるかもしれない。

まだまだこれからも、私の研究は続くだろう。でも、結婚してから導き出された結論がひとつある。

幸せな家庭を築くために、試行錯誤して、旦那様に感謝をして、めいっぱいの愛を注ぎ続ける。

それが、私なりにずっと大切にしていたい、妻の心得だ。

END

あとがき

本作をお手に取り、お読みくださった皆様、ありがとうございます。葉月りゅうです。理性的なリケジョと隠れ狼の社長とのラブコメ、お楽しみいただけたでしょうか。

私は完全に文系人間なのですが、短大時代はどういうわけか理系を専攻していました（笑）。毎日白衣を着て、実験やレポート作成に追われる日々は、まさにリケジョだったなと思います。そんな中、学科の皆でチョコレート工場の見学に行ったことがあり、今回はそのときのことを思い出しながら書かせていただきました。

綺代の理論的な思考は、表現するのがなかなか難しく、どうしても堅苦しくなってしまったかと思うのですが、ところどころに登場するシュールな理系トークで笑っていただけていたら嬉しいです。理系用語は響きがカッコいいものが多いので、つい、いろいろと放り込んでしまいました。

そして、綺代とは正反対に本能で迫るヒーローを書きたい、という思いから生まれた社長。ギャップがあり、さらに過保護という盛りだくさんな設定でしたが、ここまで二面性があるヒーローはあまり書いたことがなかったので楽しかったです。

脇役の葛城さんや氷室くんも、いい味を出してくれる大事なキャラになってくれました。まったく違うタイプの男性三人に好意を寄せられる逆ハー的な展開は、自作では初めてだったかもしれません。綺代、モテすぎですね……。あ、甘利さんを忘れていた（笑）。


さて、今回も親身に相談に乗っていただき、たくさんのお力添えをしてくださった担当編集の三好様、矢郷様、制作に携わっていただいた皆々様に感謝しております。

イラストレーターのよしのずな様、とびきりキュートでドキドキするイラストをありがとうございました！　再びカバーを飾っていただけて、とても嬉しかったです。

そして、この作品をお読みくださったすべての方に、心からお礼申し上げます。

いつも応援してくださる読者様に、よりよい作品をお届けすることで恩返しできるよう精進していきますので、これからもどうぞよろしくお願いいたします！

葉月《はづき》りゅう

葉月りゅう先生への
ファンレターのあて先

〒104-0031
東京都中央区京橋1-3-1
八重洲口大栄ビル7F
スターツ出版株式会社　書籍編集部　気付

葉月りゅう先生

本書へのご意見をお聞かせください

お買い上げいただき、ありがとうございます。
今後の編集の参考にさせていただきますので、
アンケートにお答えいただければ幸いです。

下記URLまたはQRコードから
アンケートページへお入りください。
http://www.berrys-cafe.jp/static/etc/bb

結論、保護欲高めの社長は甘い狼である。

2018年6月10日　初版第1刷発行

著　　者　葉月りゅう
©Ryu Haduki 2018
発 行 人　松島 滋
デザイン　カバー　根本直子（説話社）
フォーマット　hive & co.,ltd.
校　　正　株式会社　文字工房燦光
編集協力　矢郷真裕子
編　　集　三好技知（説話社）
発 行 所　スターツ出版株式会社
〒104-0031
東京都中央区京橋1-3-1　八重洲口大栄ビル7F
TEL　販売部　03-6202-0386（ご注文等に関するお問い合わせ）
URL　http://starts-pub.jp/
印 刷 所　大日本印刷株式会社

Printed in Japan

乱丁・落丁などの不良品はお取替えいたします。
上記販売部までお問い合わせください。
定価はカバーに記載されています。

ISBN 978-4-8137-0471-3　C0193

ベリーズ文庫
2018年7月発売予定

書店店頭にご希望の本がない場合は、
書店にてご注文いただけます。

『Primary Stage～ようこそ、俺の花嫁さん～』

未華空央《みはなそらお》・著

Now Printing

叔母の結婚式場で働くのどかに突然縁談話が舞い込む。相手はライバル企業のイケメン社長・園咲。断れば式場を奪われると知って仕方なく了承するが、強引な始まりとは裏腹に園咲はのどかを溺愛。次第にのどかも彼に惹かれていく。でも、園咲にはある秘密が…!?

ISBN9784-8137-0490-4／予価600円＋税

『悪魔と愛を語ってみようか』

西《にし》ナナヲ・著

Now Printing

派遣会社で働く美鈴。クライアントの伊吹は容姿端麗だが仕事に厳しく、衝突ばかり。自分は嫌われていると思っていたけど――。「俺はお前を嫌いじゃないよ」。ある日を境に、冷徹だった伊吹が男の顔を見せ始める。意地悪ながらも甘い特別扱いに胸が高鳴って…!?

ISBN9784-8137-0491-1／予価600円＋税

『過保護な愛にジェラシーを』

紅《くれない》カオル・著

Now Printing

総務部勤務の凜々子はある日、親友からホテルラウンジのチケットを渡される。そこに居たピアノを弾くイケメン男性に突然連れられ一夜を過ごすことに。週明けに社長室に出向くと、なぜか「付き合え」と強引に迫られるが、その社長こそ偶然にも、ホテルで出会った彼で!?

ISBN978-4-8137-0487-4／予価600円＋税

『没落伯爵令嬢の幸福な結末』

友野紅子《とものこうこ》・著

Now Printing

両親をなくし、没落しかけた伯爵令嬢のシンシアは、姉と姉婿と三人暮らしだったが義兄の浪費により、家計は火の車。召使いのように過ごしていたが、ある日義兄によって売り飛ばされてしまう。絶望したシンシアだったが、主人となったのはかつての憧れの人で…!?

ISBN9784-8137-0492-8／予価600円＋税

『緊急ドクターコール！～天才外科医と熱愛中～』

真彩《まあや》-mahya-・著

Now Printing

交通事故に遭った地味OLの花穂。目覚めると右足骨折の手術後で、執刀医が、亡くなった父の担当医で、憧れだった天才外科医・黒崎と知り、再会にときめく。しかも退院時「またケガをするといけない」と彼の家に連れていかれ、ご飯にお風呂にと過保護に世話をされ…!?

ISBN9784-8137-0488-1／予価600円＋税

『愛され王女の政略結婚～冷酷な王は愛を知る～』

櫻井《さくらい》みこと・著

Now Printing

強国との戦いに敗れた小国の第二王女・リーレは人質として国王・レイドロスに攫われる。明るく振る舞いながらも心で泣き叫ぶリーレだったが「お前を娶る」とまさかの求婚宣言！　愛のない政略結婚だと割り切るリーレだったが、彼の寵愛に溺れていき…。

ISBN9784-8137-0493-5／予価600円＋税

『打算と情熱のあいだ』

悠木《ゆうき》にこら・著

Now Printing

執事の田中とふたり暮らしをすることになった令嬢の燁子。クールな彼が時折見せる甘い顔に翻弄されつつも惹かれていく。ある日、田中がとある企業のCEOだと発覚！
しかも父の会社との資本提携を狙っていて…。優しく迫ってきたのは政略結婚するためだったの…？

ISBN9784-8137-0489-8／予価600円＋税

『ワケあって本日より、住み込みで花嫁修業することになりました。』
田崎《たさき》くるみ・著

OLのすみれは幼なじみで副社長の謙信に片想い中。ある日、突然の縁談が来たと思ったら…相手はなんと謙信！　急なことに戸惑う中、同居＆花嫁修業することに。度々甘く迫ってくる彼に、想いはますます募っていく。けれど、この婚約にはある隠された事情があって…？

ISBN978-4-8137-0472-0／定価：本体640円＋税

ベリーズ文庫
2018年6月発売

書店店頭にご希望の本がない場合は、
書店にてご注文いただけます。

『極上スイートオフィス 御曹司の独占愛』
砂原雑音《すなはらのいず》・著

菓子メーカー勤務の真帆は仕事一筋。そこへ容姿端麗のエリート御曹司・朝比奈が上司としてやってくる。以前から朝比奈に恋心を抱いていた真帆だが、ワケあって彼とは気まずい関係。それなのに朝比奈は甘い言葉と態度で急接近。「君以外はいらない」と抱きしめてきて…!?

ISBN978-4-8137-0473-7／定価：本体640円＋税

『イジワル外科医の熱愛ロマンス』
水守恵蓮《みずもりえれん》・著

雫が医療秘書を務める心臓外科医局に新任ドクターの祐がやってきた。彼は大病院のイケメン御曹司で、形ばかりの元婚約者。祐は雫から婚約解消したことが気に入らず、「俺に惚れ込ませてやる、覚悟しろ」と宣言。キスをしたり抱きしめたりと甘すぎる復讐が始まり…!?

ISBN978-4-8137-0469-0／定価：本体640円＋税

『軍人皇帝の幼妻育成～貴方色に染められて～』
桃城猫緒《ももしろねこお》・著

王女・シーラは、ある日突然、強国の皇帝・アドルフと結婚することに。ワケあって山奥の教会で育てられたシーラは年齢以上に幼い。そんな純真無垢な彼女を娶ったアドルフは、妻への教育を開始！　大人の女性へと変貌する幼妻と独占欲強めな軍人皇帝の新婚物語。

ISBN978-4-8137-0474-4／定価：本体650円＋税

『クールな副社長の甘やかな求婚』
木村咲《きむらさき》・著

花屋で働く女子・四葉は突然、会社の上司でエリート副社長の涼から告白される。「この恋は秘密な」とクールな表情を崩さない涼だったが、ある出来事を境に、四葉は独占欲たっぷりに迫られるように。しかしある日、涼の隣で仲良くする美人同僚に出会ってしまい…!?

ISBN978-4-8137-0470-6／定価：本体640円+税

『王太子の揺るぎなき独占愛』
惣領莉沙《そうりょうりさ》・著

王太子レオンに憧れを抱いてきた分家の娘サヤはある日突然王妃に選ばれる。「王妃はサヤ以外に考えられない」と国王に直談判、愛しさを隠さないレオン。「ダンスもキスも、それ以外も。俺が全部教えてやる」と寵愛が止まらない。しかしレオンに命の危険が迫り…!?

ISBN978-4-8137-0475-1／定価：本体640円＋税

『結論、保護欲高めの社長は甘い狼である。』
葉月《はづき》りゅう・著

商品開発をしている綺代は、白衣に眼鏡で実験好きな、いわゆるリケジョ。周囲の結婚ラッシュに焦り、相談所に入会するも大失敗。帰り道、思い切りぶつかった相手がなんと自社の若きイケメン社長！　「付き合ってほしい。君が必要なんだ」といきなり迫られて…!?

ISBN978-4-8137-0471-3／定価：本体640円＋税